ANTOINE,

OU

LES TROIS GÉNÉRATIONS.

IMPRIMERIE DE DAVID,
boulevard Poissonnière, n. 6.

ANTOINE,

ou

LES TROIS GÉNÉRATIONS,

PIÈCE EN TROIS ÉPOQUES,

Mêlée de Chant;

Par MM. MÉLESVILLE et BRAZIER.

REPRÉSENTÉE POUR LA PREMIÈRE FOIS,
SUR LE THÉATRE DES NOUVEAUTÉS,
A PARIS, LE 9 AVRIL 1829.

PRIX : **2 FRANCS.**

PARIS.

BEZOU, LIBRAIRE,

ÉDITEUR DU THÉATRE DE M. SCRIBE,
Boulevard Saint-Martin, n° 29.

1829

<table>
<thead>
<tr><th>PERSONNAGES.</th><th>ACTEURS.</th></tr>
</thead>
<tbody>
<tr><td>LE MARQUIS DE SAINT-VALLIER</td><td>M. THÉNARD.</td></tr>
<tr><td>LA MARQUISE DE SAINT-VALLIER.</td><td>Mme FLORVAL.</td></tr>
<tr><td>LÉON, leur fils.
JULES, leur petit-fils.</td><td>Mlle DÉJAZET.</td></tr>
<tr><td>CLÉMENTINE, nièce du marquis.</td><td>Mlle MILLER.</td></tr>
<tr><td>LE VICOMTE DE CHAILLY, colonel de chevaux-légers</td><td>M. BOUFFÉ.</td></tr>
<tr><td>ANTOINE, valet de chambre du marquis.</td><td>M. POTIER.</td></tr>
<tr><td>LEBLANC père, fermier</td><td>M. ROGY.</td></tr>
<tr><td>LA COMTESSE DE MOIRMANT</td><td>Mlle URSULE.</td></tr>
<tr><td>LA BARONNE DE LORGES</td><td>Mlle CLÉMENCE.</td></tr>
<tr><td>LE PRÉSIDENT DE CHATENAY</td><td>M. MOREL.</td></tr>
<tr><td>UN CONSEILLER.</td><td>M. ÉTIENNE.</td></tr>
<tr><td>LE CHEVALIER DE MIRECOURT</td><td>M. BOUGON.</td></tr>
<tr><td>LA VICOMTESSE.</td><td>Mlle GABRIELLE.</td></tr>
<tr><td>UN CAPITAINE AUX GARDES-FRANÇAISES</td><td>M. BACHELARD.</td></tr>
<tr><td>UNE FEMME DE CHAMBRE DE LA MARQUISE.</td><td>Mlle ERNESTINE.</td></tr>
<tr><td>PLACIDE, jeune provincial.</td><td>M. ARMAND.</td></tr>
<tr><td>BERTRAND, concierge</td><td>M. MATHIEU.</td></tr>
<tr><td>FRANÇOIS, porte-clefs.</td><td>M. GUÉNÉE.</td></tr>
<tr><td>LEBLANC, fils, riche manufacturier</td><td>M. LACASE.</td></tr>
<tr><td>HENRIETTE, sa fille.</td><td>Mlle AUGUSTINE.</td></tr>
<tr><td>MADELEINE, nièce d'Antoine.</td><td>Mme DESPREZ.</td></tr>
<tr><td>VALETS, PRISONNIERS, SOLDATS, OUVRIERS.</td><td></td></tr>
</tbody>
</table>

La scène se passe :

Au premier acte, à Paris, dans l'hôtel du marquis, en 1789.

Au second acte, dans une prison de Paris, en 1793.

Au troisième acte, en Normandie, dans la munufacture de Leblanc, et au château de Saint-Vallier, en 1829.

Nota. Les costumes de chaque acte sont indiqués par l'époque.

ANTOINE,

ou

LES TROIS GÉNÉRATIONS,

PIÈCE EN TROIS ÉPOQUES, MÊLÉE DE CHANT.

ACTE PREMIER.

(Le théâtre représente un salon gothique, mais très-riche; meubles dorés, vases du Japon, portraits de famille du siècle de Louis XIV et de Louis XV; les hommes poudrés à blanc et portant la cuirasse; les femmes avec des paniers, etc.)

SCÈNE PREMIÈRE.

CLÉMENTINE *est assise d'un côté et brode au tambour;* LÉON, *d'un autre côté, un livre à la main, et près de la cheminée.*

LÉON, *jetant son livre avec dépit.*

Dieux! que c'est ennuyeux la lecture!... et que je voudrais ne plus retourner à ce vilain collége d'Harcourt!

CLÉMENTINE.

C'est donc une chose bien terrible, mon cousin?

LÉON.

Je vous le demande!.... du grec, du latin!.... et puis, pour changer, du latin et du grec!... Parce que je suis le cadet de la famille, ils veulent faire de moi un docteur, un savant..... un..... je ne sais quoi!..... Ils auront de la peine... je n'ai pas de vocation!... l'épée et le petit plumet m'iraient si bien!

CLÉMENTINE, *se levant.*

C'est vrai; vous seriez gentil avec un uniforme!...... Eh bien! vous serez content si vous êtes chevalier de Malthe.

LÉON, *vivement.*

Du tout, ce n'est pas dans ce régiment-là que je voudrais entrer.

Air : *Vaudeville de l'Étude.*

Cousine, ma tête s'exalte,
Je ferai quelque coup d'éclat....
Moi, devenir un chevalier de Malthe;
Moi, vivre dans le célibat!....
Non, ce drapeau ne me conviendrait guère;
Je veux tenir les sermens que je fis,
Et marcher sous une bannière
Qu'on défende de père en fils.

Parce que mon frère aîné est colonel... il faut que je renonce au monde, aux plaisirs... C'est révoltant!

CLÉMENTINE, *soupirant.*

C'est comme moi..... je vais entrer au couvent, pour que mon frère puisse acheter une charge au parlement de Dijon.

LÉON.

Je vous dis que nous sommes sacrifiés... je m'insurgerai, moi!

CLÉMENTINE, *à mi-voix.*

Taisez-vous donc, Léon; madame la marquise est déjà assez mécontente de vous! Je l'entendais l'autre jour, pendant que je prenais ma leçon de clavecin, dire à votre père : Monsieur le marquis, vous ne faites pas attention au jeune chevalier... cet enfant-là... a des idées... il nous donnera du chagrin...

LÉON.

Et mon père, qu'est-ce qu'il répondait?

CLÉMENTINE.

Il vous défendait, mais tout doucement, pour ne pas contrarier madame la marquise.

LÉON, *se promenant.*

Oui... oui... j'ai des idées... et l'on verra....

CLÉMENTINE.

Qu'est-ce que vous ferez?

LÉON.

Je ferai... Je n'en sais rien... Je demanderai conseil au vicomte de Chailly, qui vient souvent ici.

CLÉMENTINE.

Un mauvais sujet!

LÉON.

C'est ce qu'il faut dans les occasions désespérées.

CLÉMENTINE.

Vous vous ferez mettre en pénitence par votre précepteur.

3

LÉON.

Ça m'est égal... quand je pense qu'on veut nous séparer!... Nous aurions été si heureux dans notre petit ménage!... pas de fortune, il est vrai... mais du bonheur, ce qui vaut bien mieux... Comme je serais fier de vous appeler *ma femme!*... de vous donner le bras, d'entendre murmurer autour de nous : *Elle est charmante!... quel joli couple!*... Et nos enfans!... quel plaisir de les voir près de nous... Par exemple, je n'enverrais pas les garçons au collége... j'ai d'autres principes d'éducation... Je les éléverais moi-même... et surtout, Clémentine, (*avec sentiment, et jetant un coup-d'œil autour de lui*) nous les aimerions également... sans distinction... sans préférence..

CLÉMENTINE, *attendrie.*

Ah! Léon, tant de bonheur...

LÉON.

Ne dépend que de nous! et si vous m'aimez...

CLÉMENTINE, *tendrement.*

En doutez-vous?

DUO.

AIR : Entendez-vous ? c'est le tambour.

ENSEMBLE.

Ce doux serment, t'aimer toujours!
Fut prononcé dès notre enfance ;
Ce mot charmant : t'aimer toujours!
Embellira nos derniers jours.

CLÉMENTINE.

Du bonheur
Espoir enchanteur,
Dans mon cœur
Tu renais d'avance!...

LÉON.

Ah! pour moi,
Jamais d'inconstance...
Je ne puis adorer que toi!...

ENSEMBLE.

O douce ivresse!
A ma tendresse,
Non, le destin
S'oppose en vain :
En toi, ma ⎰
Près de ta ⎱ belle,

Mon ⎰
Ton ⎱ cœur fidèle,

Verra ⎰
Aura ⎱ toujours

Ses seuls ⎰
Mêmes ⎱ amours.

(*On entend parler Antoine dans la coulisse.*)

CLÉMENTINE.

On vient ! je me sauve.

(Elle sort.)

SCÈNE II.

LÉON, ANTOINE.

ANTOINE, *entrant par la porte du fond et parlant à la cantonnade.*

C'est bon !... laissez ce coffre... on ira vous le payer....
N'avez-vous pas peur ! (*A lui-même.*) Hum !.... comme le
peuple se démoralise aujourd'hui... les ouvriers ont un
ton... ils raisonnent..... ils vous parlent à un valet-de-
chambre comme... à un domestique !... (*Soupirant.*) Ah !
mon Dieu !... où allons-nous... où allons-nous !

LÉON.

Qu'est-ce que tu as donc, mon bon Antoine ?

ANTOINE, *levant la tête.*

Rien, rien, M. le chevalier.

LÉON.

Appelle-moi ton petit Léon, comme autrefois..... (*Le
cajolant.*) Car nous sommes amis tous deux, n'est-ce pas ?

ANTOINE, *le regardant en souriant.*

Vous avez quelque chose à me demander ?

LÉON, *d'un air indifférent.*

Moi ?... non !... c'est toi qui dois me reconduire au collége ?...

ANTOINE.

Oui, M. le chevalier.

LÉON, *s'appuyant sur l'épaule d'Antoine.*

Ce pauvre Antoine !... il y a long-temps que nous nous
connaissons !

ANTOINE.

Il y a dix-sept ans aujourd'hui..... Vous êtes de 72.....
Ainsi..... m'avez-vous fait enrager ?...

LÉON, *souriant.*

Oui... mais à présent... je suis sage !

ANTOINE, *secouant la tête.*

Hum !... il n'y a pas d'excès... mais vous êtes si bon !...
Moi, d'abord... je me mettrais au feu pour vous.

LÉON, *d'un ton caressant.*

Je ne t'en demande pas tant... si tu pouvais.... ne pas
me reconduire... aujourd'hui au collége.

ANTOINE, *surpris.*

Et pourquoi?

LÉON.

J'ai des affaires...

ANTOINE.

Impossible, M. Léon!

LÉON.

Qu'est-ce que tu risques?..... mon précepteur soupe en ville.

ANTOINE.

Et madame la marquise?..... J'ai déjà eu assez de peine à vous obtenir un sursis..... car vous deviez partir ce matin... Mais je lui ai dit : *Madame la marquise...* parce que... je lui parle, moi..... je n'ai pas peur..... *Madame la marquise, je vous demande jusqu'à ce soir pour M. Léon..... Il vient si rarement à l'hôtel... Ce pauvre enfant. —Antoine!... Antoine!... vous le gâtez!... —Eh bien, oui, madame la marquise, je le gâte... que voulez-vous?... c'est plus fort que moi!*

LÉON, *avec dépit.*

Ah! s'il avait été question de mon frère... on n'aurait pas fait tant de difficultés!

ANTOINE, *le calmant.*

M. Léon... vous allez encore recommencer... Ces nouvelles idées vous perdent aussi...

LÉON.

C'est que l'on me pousse à bout..... c'est-il désolant d'être le cadet... il ne devrait y avoir que des aînés!

ANTOINE.

Je ne demanderais pas mieux.... mais s'il n'y avait que des aînés, il n'y aurait donc que des colonels.

LÉON.

Le grand mal!

ANTOINE.

Eh bien!... à qui commanderaient-ils?

LÉON, *vivement.*

Tu vois donc bien que les cadets sont nécessaires et que tu me donnes raison.

ANTOINE.

Qu'est-ce que vous dites?

LÉON.

Air : *Il me faudra quitter l'empire.*

Avons-nous fait une sottise,
Après eux si nous sommes nés?...
Les plus jeunes, quoi qu'on en dise,
Ne sont pas moins que leurs aînés !
Accablé du nom dont il brille,
Plus d'un aîné n'est qu'un sot dans le fonds,
Lorsque nous autres nous savons
Par des talens montrer à la famille
Qu'on peut dire : *Aux derniers les bons !*

ANTOINE.

Un moment..... un moment.... vous m'embrouillez.... c'est que vous ne comprenez pas..... Voyez-vous , dans le temps où on a arrangé tout cela, on a dit.... Les aînés.... les voilà... on ne pensait pas qu'il en viendrait d'autres... et alors... il s'est trouvé... que... Tenez, M. Léon, je ne peux pas discuter avec vous... parce que vous n'y entendez rien... (*A part.*) Ni moi non plus... (*Haut.*) Nous allons mettre nos rudimens en ordre , faire notre provision de balles en gomme élastique... de bilboquets...

LÉON , *levant les épaules.*

Ah ! bah !

ANTOINE.

Et après souper... nous nous en irons tous deux comme une paire d'amis !...

LÉON.

Je ne suis pas encore parti...

ANTOINE , *feignant de se fâcher.*

Ah ! si je fais mes gros yeux !

LÉON.

Laisse donc... tu dis toujours cela... et tu ne les fais jamais... Mais je veux voir ma mère.... lui parler.... tenter un dernier effort... et si on me réduit au désespoir... je... je suis capable de tout.

(Il sort par le fond.)

SCÈNE III.

ANTOINE , *seul.*

A-t-on jamais vu... ce petit démon?... c'est qu'il a de l'esprit comme un ange !... et il était temps de finir le colloque... Ces enfans, ça vous pousse des raisonnemens... e ne voulais pas devant lui avoir l'air... (*Regardant si on ne l'écoute pas.*) Mais je trouve qu'il n'a pas tout-à-fait tort... Au fait... il est autant que son frère... ce n'est pas sa faute s'il est venu le dernier..... et si j'avais plusieurs enfans, moi... je ne vois pas pourquoi l'un aurait des ortolans et l'autre du pain sec!.... je leur donnerais à tous des pommes de terre.... il n'y aurait pas de jaloux.... Qui vient là?

SCÈNE IV.

ANTOINE, LEBLANC.

LEBLANC.

Bonjour, M. Antoine.

ANTOINE.

Tiens, c'est le père Leblanc.... un de nos fermiers!.... Qui vous amène donc à Paris?

LEBLANC.

On m'a fait demander à la ville pour des approvisionnemens... Je viens de signer un marché qui n'est pas très-avantageux..... mais dans ce moment-ci..... il faut savoir faire des sacrifices... J'ai profité de ça pour venir régler avec M. le marquis... est-il dans son cabinet?

ANTOINE.

Non, il est à Versailles; nous l'attendons.

LEBLANC.

Ah! oui... l'assemblée!... C'est une belle chose au moins que de voir toute la nation réformer les abus!

ANTOINE, *ironiquement.*

Oui, c'est très-beau!... c'est dans vos idées... vous!... encore une tête à l'envers... qui va me répéter... le peuple par-ci, le peuple par-là...

LEBLANC, *souriant*

Dame, écoutez donc... j'en suis de ce peuple!

ANTOINE.

Eh bien!... qu'est-ce qu'il nous veut *le peuple?* qu'est-ce qu'il nous demande? est-ce que ça ne va pas bien?...

LEBLANC.

Mais... si ça peut aller mieux!... il me semble que quand chacun serait libre d'exercer son industrie comme il l'entend... et qu'on ne nous fermerait pas tous les chemins...

ANTOINE.

Nous y voilà!... le paysan veut devenir fermier... le fermier, propriétaire...

LEBLANC.

Pourquoi pas!

ANTOINE.

Air : *Vaudeville de l'Anonyme.*

L'ambition tourne toutes les têtes :
Chacun n'aspire, hélas! qu'à s'élever...
Restez gaîment dans l'état où vous êtes,
Et le bonheur viendra vous y trouver.

LEBLANC.

Ces sentimens sont loin d'être les nôtres;
Je ne vois pas, enfin, pourquoi celui
Qui laboura vingt ans le champ des autres
N'en aurait pas un petit coin à lui.

ANTOINE.

Qu'est-ce que je disais!... Savez-vous ce qui vous a perdu, M. Leblanc? c'est d'avoir appris à lire... c'est un poison que la lecture... Ne faites pas apprendre à lire à vos enfans.

LEBLANC.

Bah!... mon petit le sait déjà...

ANTOINE.

A douze ans ! (*Soupirant.*) Quelle imprudence!... Où tout cela nous mènera-t-il?

LEBLANC.

Eh mais!... à nous éclairer, à jouir d'une honnête indépendance!

ANTOINE, *s'échauffant.*

L'indépendance! c'est cela!... ils n'ont que ce mot à la bouche!

LEBLANC.

Eh! mon Dieu!... celle que je demande n'est pas si terrible que vous le croyez.

Air : *Voilà la manière.*

Pour règle première,
Respecter le roi ;
Obéir, me taire
Quand parle la loi ;
Toujours n'écoutant
Que l'honneur, dont mon âme est fière,
Pouvoir librement
Me lancer dans une carrière...
Ne jamais mal faire,
Parler hautement ;
Voilà ma manière
D'être indépendant.

ANTOINE, *s'emportant.*

Ah! ça, vous croyez donc que je suis esclave? j'ai aussi
mon indépendance, monsieur!

Même air.
Pour règle première,
Remplir mon devoir ;
Travailler, me taire,
Du matin au soir;
Ne jamais sortir
De mon état ni de ma sphère ;
Toujours obéir
A la sonnette héréditaire ;
Ne rien dire ou faire
Qui soit imprudent...
Voilà ma manière
D'être indépendant.

(*A Leblanc qui rit.*) Riez, monsieur! riez... C'est une indépendance tout comme une autre... ce n'est pas celle
d'un cheval échappé.

LEBLANC, *s'échauffant,*

Mais, monsieur Antoine!...

ANTOINE, *criant.*

Mais, monsieur, je soutiens que nous avons autant de
liberté qu'il nous en faut.... je suis libre moi, monsieur !
(*On sonne.*) On y va!... Je suis libre comme l'air! (*On sonne
encore.*) Tout-à-l'heure!... Je puis aller où je veux... faire
ce que je veux. (*On sonne plus fort.*) On y va!... Que diable!
on n'a pas un moment à soi...

(*Le marquis paraît, suivi d'un valet..*)

SCÈNE V.

LES MÊMES, LE MARQUIS, UN VALET, *qui sort après avoir
pris le chapeau et l'épée de M. de Saint-Vallier.*

ANTOINE *avec respect.*

C'est monsieur.

LE MARQUIS, *apercevant Leblanc.*

C'est vous, mon cher Leblanc?

LEBLANC.

Oui, monsieur le marquis.

LE MARQUIS.

Qu'avez-vous donc? vous semblez tout ému.

LEBLANC.

Nous disputions un peu...

LE MARQUIS

Ah! vous parliez politique!

LEBLANC.

On ne parle guère d'autre chose aujourd'hui.

ANTOINE, *encore ému.*

Je ne devrais jamais toucher cette corde-là, avec M. Leblanc; je me fais monter le sang à la tête.... je me fais du mal... en pure perte.

LE BLANC.

Que voulez-vous? je crois être dans la bonne route.

ANTOINE

Il y a donc deux bonnes routes, car je ne me crois certainement pas dans la mauvaise!...

LE MARQUIS, *lui imposant silence.*

Allons, allons, Antoine!... plût au ciel que tous ceux qui ne sont pas de notre avis, eussent des intentions aussi pures que ce brave homme!... (*A Leblanc.*) Mais je suppose, mon cher Leblanc, que ce n'est pas pour soutenir une thèse politique que vous êtes venu?

LEBLANC, *avec un peu d'embarras.*

Le désir de vous voir, monsieur le marquis.... et je ne sais quelle inquiétude...

ANTOINE.

Comment?

LE MARQUIS

Expliquez-vous?

LEBLANC, *avec abandon.*

Tenez, M. le marquis,... je vous suis dévoué... Votre fils, M. Léon, est le parrain de mon petit François.... quand nous sommes grêlés, au lieu de nous demander de l'argent, vous en avez toujours à mon service... Eh bien! je suis effrayé de tout ce que j'entends!... Croyez-moi, ne restez pas à Paris.

LE MARQUIS

Que dites-vous?

LEBLANC.

Venez habiter votre terre de Saint-Vallier.

AIR : *Amis, voici la riante semaine.*

Tenez, ici, j'entends gronder l'orage,
Qui va bientôt frapper sur tous les rangs.
Venez chez nous, venez dans not' village,
Vous n'y trouv'rez qu' des cœurs reconnaissans.

Si les bienfaits qu'vous avez su répandre,
Comme nos blés produisent à foison ;
Soyez tranquill', vous devez vous attendre
A fair' chez nous une belle moisson. (*bis*)

LE MARQUIS, *ému.*

Mon cher Leblanc, je suis touché... Je ne crois pas les dangers assez grands... Mais quels qu'ils soient... et quoi qu'il arrive... ma place est près du trône, je ne la quitterai pas !

LEBLANC, *le regardant avec douleur.*

C'est votre dernier mot, monsieur le marquis ?...

LE MARQUIS.

Absolument !

LEBLANC, *soupirant.*

Vous pouvez avoir raison... Mais, en tout cas, je retourne au pays.... si vous aviez besoin de moi.... dites un mot.... faites un signe !... et j'accours aussitôt !

LE MARQUIS, *lui serrant la main.*

Je connais votre cœur ! je vous remercie Leblanc.

LEBLANC.

Voilà tout ce que je voulais... Mon voyage est fini... je pars plus tranquille... Je vais passer chez votre intendant pour lui compter l'année échue... Adieu, monsieur le marquis.

LE MARQUIS.

Adieu, Leblanc.

LEBLANC, *en sortant.*

Sans rancune monsieur Antoine.

ANTOINE, *à lui-même et grognant.*

Oh ! oh ! je n'ai pas de rancune !...

SCÈNE VI.

LE MARQUIS, ANTOINE.

LE MARQUIS, *rêveur et regardant sortir Leblanc.*

Ah ! s'ils lui ressemblaient tous !...

ANTOINE, *de même et essuyant une larme.*

C'est vraimant un brave homme !... c'est dommage qu'il se soit fourré dans la tête un tas d'idées qui ne signifient rien. (*Voyant que le marquis est préoccupé.*) Est-ce que ses discours auraient fait impression sur monsieur ?

LE MARQUIS.

Antoine... nous sommes seuls?....

ANTOINE, *inquiet.*

Oui, monsieur.

LE MARQUIS.

Ce n'est pas avec un vieux serviteur comme vous , que je puis déguiser mes pensées... Tout ce que nous a dit Leblanc n'est que trop vrai.

ANTOINE, *alarmé.*

Ah! mon Dieu!

LE MARQUIS.

Je ne m'abuse pas, comme nos femmes, nos jeunes étourdis de la cour, qui ne voient dans l'agitation des esprits qu'un moment d'effervescence... et qui, au milieu de ces scènes tumultueuses, ne rêvent que plaisirs et futilités... De grands malheurs nous menacent !

ANTOINE, *d'une voix émue.*

Je n'osais pas le dire à monsieur; mais j'en ai peur aussi !

LE MARQUIS.

Je ne crains rien pour moi... mais j'ai une famille, et si je lui étais enlevé...

ANTOINE.

Que dites-vous ?

LE MARQUIS.

Je ne veux pas alarmer la marquise... elle s'imagine que les choses doivent toujours aller comme elles vont, et que la naissance met à l'abri de tout; mais je le sens... il n'y a pas de temps à perdre... Je veux d'abord assurer le sort de ma nièce... Ce soir, nous lui présentons son futur.

ANTOINE, *surpris.*

Son futur?... elle n'entre donc plus au couvent?

LE MARQUIS.

Non; tout est changé... Ce frère, à qui on la sacrifiait... un assez mauvais sujet, vient d'être tué en duel... Cet événement, que Clémentine ignore encore, a fait reporter sur elle toutes les espérances de sa famille... On me presse de la marier à quelqu'un qui soit bien en cour... La marquise a jeté les yeux sur le vicomte de Chailly...

ANTOINE.

Comment, ce jeune fou ?

LE MARQUIS.

Je m'y suis long-temps opposé... Mais je le crois plein
d'honneur ; j'ai fini par céder.

ANTOINE.

Dieu veuille que ça tourne bien.

(*Il fait un mouvement pour s'éloigner.*)

LE MARQUIS.

Ah !... Antoine, a-t-on apporté ce coffre que j'ai com-
mandé ?

ANTOINE.

Il est dans le cabinet de M. le marquis.

LE MARQUIS, *à mi-voix.*

Je compte y renfermer une somme considérable en or,
en diamans... Vous seul saurez où cette cassette sera
cachée... Antoine, mon vieil ami, je puis compter sur
vous ?...

ANTOINE, *ému.*

A la vie et à la mort !

LE MARQUIS.

C'est bien !... plus tard... en cas de malheur, c'est
vous qui serez chargé...

ANTOINE, *les larmes aux yeux.*

Je comprends... mais nous n'en viendrons pas là...
n'est-ce pas, mon cher maître ?

LE MARQUIS.

Il faut s'attendre à tout... Cette nuit... quand mes gens
seront endormis... vous vous rendrez dans mon cabinet...
et... (*On ouvre la porte du fond.*) Qui vient là ?...

ANTOINE, *regardant.*

Madame la marquise.

LE MARQUIS.

Ah ! oui, j'oubliais... Nous avons grand monde à souper... Allez, Antoine... de la prudence... et soyez exact...

ANTOINE, *en sortant.*

Oui, monsieur.

SCÈNE VII.

LE MARQUIS, LA MARQUISE, LA BARONNE DE LORGES, LE PRÉSIDENT DE CHATENAY, CLÉMENTINE, UN CONSEILLER.

(Les femmes sont coiffées avec de la poudre et des fleurs, souliers à hauts talons, corsages très-minces.)

LE PRÉSIDENT, *donnant la main à la marquise.*

Eh! le voilà, ce cher marquis?

LA MARQUISE.

Enfin, monsieur... on vous voit donc!...

LE MARQUIS, *lui baisant la main.*

J'arrive à l'instant même, madame; et j'allais passer dans votre appartement. (*A la baronne.*) Votre santé, belle baronne?

LA BARONNE, *d'un air languissant*

Comme cela, marquis... je suis d'une maussaderie rebutante... j'ai ma migraine!

LA MARQUISE, *allant s'asseoir.*

Oui... c'est son jour... Venez donc près de moi, mon cœur!...

(Pendant que la marquise parle, le marquis embrasse Clémentine sur le front, et celle-ci va s'asseoir à droite, près de la marquise.)

SCÈNE VIII.

LES MÊMES, LÉON, puis successivement LE CHEVALIER DE MIRCOURT, LA COMTESSE DE MOIRMANT, LE VICOMTE DE CHAILLY, UN CAPITAINE AUX GARDES-FRANÇAISES, LA VICOMTESSE.

LÉON, *accourant sans voir personne.*

Ma cousine! ma cousine!... (*Il s'arrête en apercevan sa mère.*) Ah! mon Dieu!

LA MARQUISE, *sèchement.*

Eh bien! qu'y a-t-il donc, monsieur?... cet air évaporé!

LE MARQUIS, *lui serrant la main avec bonté.*

(*A la marquise.*) Vous l'intimidez, ce pauvre enfant.

LÉON, *se remettant.*

C'est que j'ai vu en bas la voiture de la comtesse de

Moirmant, la bonne amie de ma cousine, et je venais l'en avertir. (*Bas à Clémentine.*) J'ai bien autre chose à vous apprendre.

CLÉMENTINE, *bas.*

Et moi aussi.

UN LAQUAIS, *annonçant.*

M. le chevalier de Mircourt... Madame la comtesse de Moirmant !

(Il sort.)

LA MARQUISE, *allant au-devant d'elle.*

Que vous êtes aimable, ma belle !

LA COMTESSE, *à Clémentine.*

Bonsoir, mon cœur... (*Elle l'embrasse.*) Vous pardonnez, marquise?... J'arrive de la campagne, je suis faite comme une folle.

LE LAQUAIS, *annonçant.*

M. et madame de Pramont...

(Il sort.)

LA MARQUISE.

Vous venez bien tard.

LE CAPITAINE.

J'ai cru que nous ne pourrions pas arriver... Une foule... il paraît qu'il y a du bruit au Palais-Royal.

LE MARQUIS.

Encore !

LE LAQUAIS, *annonçant.*

M. le vicomte de Chailly.

TOUS.

Ah ! enfin...

LE VICOMTE.

Vous m'attendiez, belles dames? Je suis outré... Pour la première fois... j'ai mis près d'une heure à venir de Versailles. (*Il baise la main de la marquise.*) (*Au marquis.*) Bonsoir, philosophe !... (*Au président.*) La main, magistrat... comment gouvernons-nous notre parlement?

LE PRÉSIDENT.

Mais...

LE VICOMTE, *tournant sur le talon et regardant Léon.*

Eh bien ! espiègle... nous ne sommes pas encore retournés au collége, à minuit?

LÉON, *bas.*

Ne parlez donc pas de ça... Je vous dirai...

LE VICOMTE , *à Clémentine.*

Et notre charmante cousine?..... (*S'interrompant.*) A propos , mesdames, vous savez la nouvelle?

TOUTES.

Quoi donc?

LE MARQUIS.

Une nouvelle politique?

TOUTES.

Une mode?

LE VICOMTE.

Du tout... C'est très-sérieux... on ne parle que de cela à Versailles... comment, ils ont fait fermer l'Opéra, hier!

LE PRÉSIDENT.

Oui, vraiment...

LA MARQUISE.

Jugez, si j'étais furieuse... c'était mon jour!

LE VICOMTE.

Ça commence à devenir inquiétant... Si cela continue... il n'y aura plus moyen d'avoir de loges à l'année.

LE MARQUIS, *avec humeur.*

Eh! mon cher, il est bien question de spectacles!

LE VICOMTE.

Comment donc, marquis... l'Opéra , c'est la cheville ouvrière.

AIR : *Vaudeville de Partie et Revanche.*

C'est à l'Opéra que l'on traite
Et de la guerre et de la paix...
Car la politique secrète
Se glisse aussi dans nos ballets!
Des Grâces la troupe folâtre
Des souverains nous gagne tous les cœurs ;
Et l'on dirait que c'est pour ce théâtre,
Qu'ils nomment des ambassadeurs.

LA MARQUISE.

Certainement, ça mérite attention... (*A la comtesse.*) Où prenez-vous donc vos falbalas, mon cœur?

LE VICOMTE, *aux hommes.*

Voyez-vous... l'équilibre politique.

(Les femmes causent entr'elles ; les hommes se forment en groupe et parlent à voix basse en ayant l'air de consulter les journaux qui sont sur la cheminée. Léon s'approche de Clémentine.)

LÉON, *à haute voix.*

Et vous... ma cousine... quel est votre avis?

CLÉMENTINE.

Oh! je n'y comprends rien...

LÉON, *bas.*

Je suis au désespoir...

CLÉMENTINE, *de même.*

Moi aussi...

LÉON, *de même.*

Je retourne au collége!

CLÉMENTINE.

Je ne vais plus au couvent.

LÉON.

Est-il possible!

CLÉMENTINE.

On me marie.

LÉON.

O ciel! et à qui donc?

CLÉMENTINE.

Je l'ignore.

LÉON, *furieux et élevant la voix.*

Quelle tyrannie!... Je ne souffrirai pas...

(Il s'aperçoit que sa mère le regarde.)

CLÉMENTINE.

Chut!

LA MARQUISE, *à Léon.*

Qu'est-ce donc?

LE VICOMTE, *parlant aux hommes.*

Il n'y a qu'un moyen... nous formons un camp de cinquante mille hommes...

LA MARQUISE, *parlant aux dames.*

Avec trois rangs de garnitures, n'est-ce pas?

LE VICOMTE, *de son côté.*

Nous cernons Paris!...

LA MARQUISE, *toujours aux dames.*

Et des bouquets de roses en bas... Il faudra que j'essaie...

UN LAQUAIS, *la serviette sous le bras.*

Madame la marquise est servie!...

(Les dames se lèvent.)

LA MARQUISE, *aux hommes.*

Allons, messieurs... assez de politique...

LE VICOMTE.

C'est juste!...

LA MARQUISE, *bas au vicomte.*

Après souper, nous nous occuperons de notre grande affaire...

LE VICOMTE, *bas.*

Quoi donc?... ah! oui... mon mariage... Je savais bien que j'étais venu pour quelque chose.

LA MARQUISE, *donnant la main au président.*

Est-ce que nous n'aurons pas la présidente?

LE PRÉSIDENT.

Elle est à Senlis, pour sa santé.

LE VICOMTE, *malignement.*

Oui, l'air y est excellent... (*Bas à la marquise.*) Et puis son cousin l'officier y est en garnison.

LA MARQUISE, *souriant et lui donnant un coup d'éventail.*

Taisez-vous, indigne!

CHOEUR.

AIR : *Walse de Robin des Bois.*

Que la gaîté soit de la fête,
Ne la laissons pas s'échapper...
Au dîner règne l'étiquette,
Mais le plaisir vient au souper.

(La ritournelle continue; tout le monde sort. Chaque homme donne la main à une dame, et le vicomte prend celle de Clémentine.)

LÉON, *bas au vicomte, en l'arrêtant.*

Deux mots, vicomte; je vous en prie.

(Clémentine quitte la main du vicomte et sort.)

SCÈNE IX.

LE VICOMTE, LÉON.

LE VICOMTE.

Que voulez-vous, petit lutin?

LÉON, *hésitant.*

Vous consulter sur une grande affaire... Vous ne tenez pas au souper, n'est-ce pas? ni moi non plus!

LE VICOMTE.

Diable!... c'est sérieux, à ce qu'il paraît...

LÉON.

Très-sérieux!... Dites-moi, vicomte, si l'on contrariait

vos penchans, que vous eussiez dix-sept ans et une mauvaise tête... qu'est-ce que vous feriez?

LE VICOMTE, *gravement.*

Je n'ai plus dix-sept ans... mais j'ai toujours une mauvaise tête... Je résisterais.

LÉON.

C'est mon intention... (*A mi-voix.*) Vous savez qu'on veut que je sois chevalier de Malthe.

LE VICOMTE.

C'est tout simple!

AIR : *Dans un castel, dame de haut lignage.*

Oui, votre frère a besoin de richesse...
Dans son état songez qu'il doit briller...
Il a d'ailleurs des frais de toute espèce,
Et des soldats qu'il lui faut habiller.
Sans calculer les dépenses secrètes,
Il faut qu'il ait, puisqu'il porte un grand nom,
Chevaux, laquais, et maîtresses, et dettes,
Pour soutenir l'honneur de sa maison.
Il faut qu'il ait des maîtresses, des dettes,
Pour soutenir l'honneur de sa maison.

LÉON.

A la bonne heure!... mais moi, je ne veux pas être chevalier de Malte.

LE VICOMTE.

Pourquoi?

LÉON, *en confidence.*

Parce que je suis amoureux.

LE VICOMTE.

Eh bien!... qu'est-ce que ça fait?... est-il enfant!... Si c'était pour vous marier... je ne dis pas... ce serait fort mal....parce que la morale avant tout... Mais il n'est pas défendu de s'amuser... ça n'empêche pas l'avancement... et puisque c'est un début... je veux vous pousser, moi.

LÉON.

Ah! que vous êtes bon!

SCÈNE X.

LES MÊMES, CLÉMENTINE. (*Elle entr'ouvre doucement la porte.*)

CLÉMENTINE, *à part.*

Je suis curieuse de savoir ce qu'il lui demande.

(*Elle gagne le cabinet à gauche.*)

LE VICOMTE.

Nous disons donc que vous êtes amoureux?

LÉON.

Comme un fou!

LE VICOMTE.

Il y a des obstacles?

LÉON.

De terribles!

LE VICOMTE.

Des pères... des oncles... des tantes?

LÉON.

Mieux que cela!

LE VICOMTE, *riant.*

Bah! est-ce qu'il y aurait un mari?

LÉON.

Mais, à-peu-près.

LE VICOMTE.

C'est bien... Oh! il faut être sans pitié pour ces animaux-là... (*Se reprenant.*) Hein!... qu'est-ce que je dis donc là?... moi, qui vais en être... ce que c'est que l'habitude!

LÉON.

Vous allez en être?

LE VICOMTE.

Oui, mon cher... C'est encore un secret; mais je puis vous le dire, à vous... J'épouse votre petite cousine.

LÉON, *étonné.*

Clémentine?

CLÉMENTINE, *à part et écoutant du cabinet.*

Qu'entends-je!

LÉON, *à part.*

Allons, je me suis bien adressé.

LE VICOMTE.

C'est votre mère qui a arrangé cela... Je ne me souciais pas trop de m'engager... Mais occupons-nous de votre amour... j'adore ces aventures-là... Voyons... qu'elle est votre belle?...

LÉON, *embarrassé.*

Je ne puis vous la nommer.

LE VICOMTE.

De la discrétion!... Oh! il faudra vous défaire de cela... Vous me direz son nom?

LÉON.

Oui... plus tard... mais... si je ne prends pas un parti...
nous sommes séparés pour toujours !

LE VICOMTE.

Eh bien ! mon cher, il faut l'enlever... c'est la seule
manière un peu décente d'entamer ces sortes d'affaires.

CLÉMENTINE, *à part.*

Ah ! l'horreur !

LÉON.

Un enlèvement... J'en avais l'idée.

LE VICOMTE.

Sans doute, il n'y a que ça !... un bon scandale... ça met
tout de suite un jeune homme à la mode.

LÉON.

C'est que je ne sais comment m'y prendre.

LE VICOMTE.

Nous en causerons... Je vous donnerai les premiers
élémens.

(Fausse sortie.)

LÉON, *vivement.*

Mais si je ne l'enlève pas aujourd'hui... il faudra que
j'attende les vacances.

LE VICOMTE, *revenant sur ses pas.*

Diable !... Avez-vous de l'argent ?

LÉON.

Oui.

LE VICOMTE.

C'est heureux !... Je n'aurais pas pu vous en offrir...
Où loge-t-elle ?

LÉON.

Tout près d'ici.

LE VICOMTE.

Dans une demi-heure... il faut que vous soyez partis.

CLÉMENTINE, *à part.*

O ciel !

LÉON.

Vous avez raison... Mais quel moyen ?

TRIO DE *RICHARD*.

Air : *Est-il bien sûr de ma tendresse.*

LE VICOMTE.
Il est une méthode sûre...

LÉON.
Je ne sais comment en sortir !

LE VICOMTE.
Vous allez prendre ma voiture.

LÉON
Quoi ! vous daignez... ah ! quel plaisir...
Elle est en bas, je puis partir.

LE VICOMTE.
A l'instant même... il faut partir.
L'obscurité va vous servir.

(*Il écrit un mot qu'il lui donne.*)

Ce mot suffira, j'espère...
Mon cocher saura se taire.

LÉON.
Ne dites rien à ma mère...
Agissons avec mystère.

LE VICOMTE.
Il faut s'évader sans bruit,
Et profiter de la nuit...
Pour gagner une barrière...

LÉON.
Nous réussirons, j'espère,

LE VICOMTE ET LÉON.
Il faut s'évader sans bruit,
Et profiter de la nuit,
Pour leur cacher ce mystère.

CLÉMENTINE, *à part.*
Ce mystère
Ne peut me plaire ;
Mais j'espère
A cet hymen me soustraire.

LÉON.
Mais voudra-t-elle me suivre ?

LE VICOMTE.
Si l'on vous aime, il le faut...

LÉON.
Et si l'on veut nous poursuivre ?

LE VICOMTE.
Allez toujours au galop !...
Soyez vif... soyez aimable,
Le succès est immanquable...
(*Riant.*) L'aventure est impayable !

CLÉMENTINE, *à part.*
Malgré le sort qui m'accable...
Non, mon cœur est incapable
D'un projet aussi coupable !

LÉON, *à part.*
De cet avis charitable
Profitons... Qu'il est aimable !
L'aventure est impayable !

(*Pendant la ritournelle, on entend Antoine qui appelle :
Monsieur Léon ! Clémentine ferme la porte et disparaît.*)

LÉON, *en sortant.*

C'est Antoine qui me cherche... Adieu, adieu, vicomte...
Je n'oublierai pas ce service.

LE VICOMTE, *le suivant jusqu'à la porte.*

N'oubliez pas non plus de me renvoyer mes chevaux
demain matin... J'en ai besoin pour mes emplettes de
noces.

SCÈNE XI.

LE VICOMTE, *seul.*

(*Riant.*) Ah! ah! ah! parbleu! l'aventure est charmante!... ça va faire un bruit dans Paris... Je ne suis pas
fâché d'y être pour quelque chose!... Il ira bien, le petit
chevalier de Malte... Vraiment, c'eût été dommage de ne
pas cultiver son heureux naturel... D'ailleurs, au point
où nous en sommes avec la famille, je leur devais ça...
et ils me sauront gré de l'avoir lancé... Chut!... voici la
société qui sort de table.

SCÈNE XII.

LE VICOMTE, LE MARQUIS, LA MARQUISE, LA
COMTESSE, LE CHEVALIER, LA BARONNE, LE
PRÉSIDENT, LE CONSEILLER, LE CAPITAINE,
LA VICOMTESSE, VALETS.

(*Pendant la scène précédente, les valets, qui ont allumé les
bougies, préparent les tables de jeu.*)

CHOEUR GÉNÉRAL.

AIR : *Jamais dans ces beaux lieux.* (Armide.)

L'amour
Dans ce séjour
Sans peine
Nous enchaîne...
On chante tour à tour
Le Champagne et l'amour!

LE PRÉSIDENT, *au vicomte.*

Eh quoi! mon cher, tu te maries?
Tu vas donc marcher sur nos pas?

LE VICOMTE, *gaîment.*

Quand on a fait tant de folies,
Une de plus ne coûte pas.

REPRISE DU CHOEUR.

L'amour,
Dans ce séjour, etc.

(*On se place aux tables de jeu.*)

LA MARQUISE, *à une table.*

(*Au vicomte.*) Vous n'avez point paru au souper, vicomte?

LE VICOMTE, *s'approchant de la table où est la marquise.*

Non, marquise... J'étais occupé d'une affaire... Je vous
conterai cela.

LE MARQUIS, *à la table opposée à celle de la marquise.*

Et Clémentine... qu'est-elle donc devenue?

LA MARQUISE.

Elle essaie sans doute sa nouvelle toilette.

(Elle sonne.)

LA BARONNE, *jouant.*

Avez-vous entendu ce tapage dans la rue?

LA MARQUISE.

Je fais quatre fiches!

LE CHEVALIER.

Je tiens.

LE CAPITAINE, *jouant.*

Ça se dirigeait vers l'Hôtel-de-Ville.

LE VICOMTE.

Bah! ce n'est rien!

(Une femme de chambre paraît.)

LA MARQUISE.

Faites venir ma nièce.

(La femme de chambre sort.)

LE PRÉSIDENT, *au vicomte qui se trouve sur l'avant-scène.*

(*A mi-voix.*) Ah! ça... c'est donc tout de bon... Tu es
amoureux?

LE VICOMTE, *de même.*

Non, le diable m'emporte... La petite est fort riche...
Je lui donne mon nom... elle me donne sa fortune...
C'est une belle affaire... voilà tout.

LA FEMME DE CHAMBRE, *rentrant.*

Mademoiselle Clémentine n'est pas chez elle.

TOUS.

Comment?

LE MARQUIS.

Qu'est-ce que cela signifie?

LA MARQUISE.

Appelez Antoine.

ANTOINE, *en dehors.*

Ah! mon Dieu!... quel malheur!

LA FEMME DE CHAMBRE.

Le voici.

SCÈNE XIII.

LES MÊMES, ANTOINE, *accourant.*

ANTOINE, *d'un air effrayé.*

Monsieur le marquis! madame la marquise!

TOUT LE MONDE, *se levant.*

Qu'y a-t-il donc?

ANTOINE, *troublé.*

Qui est-ce qui se serait attendu à cela?... M. Léon!...

LE MARQUIS.

Eh bien! M. Léon?

LA MARQUISE.

Qu'a-t-il fait?...

ANTOINE.

Il vient de prendre sa volée!

TOUS.

Que dites-vous?

ANTOINE.

J'allais l'emmener... comme Madame me l'avait ordonné... lorsqu'il m'échappe sous le grand vestibule... Il me jette Sénèque et Démosthène... qu'il avait sous son bras, en me disant : « *Tiens, Antoine, je n'ai plus besoin de ces messieurs... tu peux les reconduire au collége, sans moi...* » Je veux l'arrêter... Brrrr... il s'élance comme un fou dans une voiture qui se trouvait au bas du perron... Le cocher donne un coup de fouet, et les voilà partis!

LE VICOMTE, *à part, riant.*

Ah! ah! ah! très-bien...

LA MARQUISE.

Je ne puis concevoir...

LE MARQUIS.

Il était seul?

ANTOINE, *hésitant.*

Dans la voiture?... Non, monsieur...

LE VICOMTE, *riant toujours.*

C'est là le plus joli!

ANTOINE.

Mademoiselle Clémentine... y était avec lui...

LE MARQUIS.

Clémentine !

LA MARQUISE.

Ma nièce !

LE VICOMTE.

Hein ?... qu'est-ce qu'il dit donc ?

ANTOINE.

Elle pleurait... Et M. Léon m'a crié en partant... « Dis bien à mon père que c'est le vicomte qui m'a conseillé l'enlèvement. »

TOUS, *étonnés*.

Le vicomte !

LE PRÉSIDENT, *riant*.

Comment, vicomte ! tu conseilles d'enlever ta femme ?

LE VICOMTE, *étourdi*.

Permettez... c'est que je ne savais pas... il ne m'avait pas dit... C'est une horreur !... (*Se frappant le front.*) Ah ! mon Dieu ! et moi qui lui ai recommandé d'aller ventre à terre ! il va crever mes chevaux !

LA MARQUISE, *brusquement*.

C'est votre faute, M. le marquis... vous étiez d'une faiblesse pour cet enfant.

LE MARQUIS.

Et vous d'une sévérité... Mais à quoi bon ces reproches ?...

AIR : *Je n'eus jamais à la croisade.*

Dans un malheur tel que le nôtre,
Que personne n'a pu prévoir,
Nous avons eu tort l'un et l'autre,
Et nous n'avons pas fait notre devoir !...
Convenons qu'à cette aventure,
Qui cause aujourd'hui nos chagrins,
Nous avons tous prêté les mains...

LE VICOMTE, *à part*.
Et moi j'ai prêté ma voiture !

(*Haut.*) C'est égal, marquis... ça ne l'excuse pas... Votre fils est un mauvais sujet !

LA MARQUISE.

Qu'il faut punir !

LE VICOMTE.

Certainement ! ça me regarde... Voici le jour... Je cours chez le lieutenant de police... et une bonne lettre de cachet... (*On entend un coup de canon dans le lointain ; ils s'arrêtent tous et se regardent.*) Qu'est-ce que c'est que ça ?

TOUS , *avec crainte.*

Écoutez.

ANTOINE , *ouvrant la fenêtre.*

Quel tumulte!... Tout le monde court... On se rassemble... on s'interroge...

(*Les hommes regardent par les fenêtres.*)

FINAL.

AIR : *Mi por d'esser col la testa.* (du Barbier.)

Ce bruit soudain a semé l'épouvante;
Chacun s'empresse, et paraît dans l'attente...
De tous côtés, comme la foule augmente!
Voyez, voyez, quels cris!... quelle rumeur!...
Chacun est frappé de terreur!

(*Plusieurs valets entrent précipitamment.*)
(*Le dialogue suivant se dit sur la ritournelle.*)

PREMIER VALET , *au président.*

Monsieur, monsieur! on vous demande au palais.

DEUXIÈME VALET , *au capitaine, lui remettant un ordre cacheté.*

C'est de la part de votre colonel.

TROISIÈME VALET , *au vicomte.*

Rassemblez votre régiment...

TOUS LES TROIS.

J'y cours, que se passe-t-il donc?

LE PREMIER VALET.

Je n'en sais rien... mais ne perdez pas une minute.

REPRISE DU CHOEUR.

TOUS, *avec trouble.*

De nos dangers c'est un nouveau présage.
Ce bruit soudain nous annonce un orage !
Il faut savoir l'attendre avec courage.
Venez, venez, sachons braver ses coups.
Séparons-nous...
Séparons-nous!

(*Bruit dans la rue. Les femmes effrayées veulent retenir les hommes ; d'autres prodiguent des soins à la baronne , qui se trouve mal ; les officiers et le président sortent en désordre ; la toile tombe.*)

FIN DU PREMIER ACTE.

ACTE SECOND.

(Le théâtre représente la cour intérieure d'une prison. Au fond, un
parapet, surmonté d'une grille, qui laisse apercevoir une autre
cour fermée par un mur, au-dessus duquel on voit plusieurs édi-
fices de Paris. A droite, un corps de bâtiment qui tient à la prison.
A gauche, le logement du concierge, ayant une porte à claires-
voies. Sur le devant de la scène se trouve un tas de bois, que l'on a
commencé à scier ; l'X et la scie sont à côté, ainsi que des crochets
à moitié chargés.)

SCÈNE PREMIÈRE.

LE VICOMTE, *en robe de chambre blanche*, PLACIDE,
en costume d'incroyable (gravure de Vernet), PRISON-
NIERS *de différens états, qui sont groupés çà et là dans les
cours.*

LE VICOMTE, *à Placide.*

Eh bien !... vous disiez donc, M. Placide ?...

PLACIDE.

Je vous contais mon aventure... C'est bien la plus drôle
de chose !... Imaginez-vous, je n'avais jamais vu Paris...
Mon père me dit un jour : *Tiens, Placide, la capitale
forme les jeunes gens... Vas-y passer l'hiver, mon garçon...
Autant dépenser ton argent là qu'ailleurs, tu t'amuseras !...*
Moi, je me fais habiller à la mode, comme vous voyez,
par le premier tailleur de Laval... J'embrasse maman qui
pleure, papa qui pleure, je pleure aussi, nous pleurons
tous comme des imbécilles... enfin comme on pleure en famille, et je prends la diligence... Je m'en souviendrai
toute ma vie !... j'arrive le soir... je n'avais pas pris de carte
de sûreté, parce que je venais à Paris pour m'amuser...
On m'arrête, et voilà deux mois que je suis prisonnier
d'état.

LE VICOMTE.

Alors vous n'avez rien vu ?

PLACIDE.

Non ! ah ! si... je suis entré dans Paris à neuf heures

du soir; en traversant le marché Saint-Jean, j'ai aperçu l'arbre de la Liberté... et à minuit, j'étais à la Force!...

LE VICOMTE.

Vous n'avez pas perdu de temps!

PLACIDE.

Et vous, monsieur, qu'est-ce que vous aviez fait pour être ici?

LE VICOMTE, *légèrement.*

Oh! des choses épouvantables!... J'étais allé voir un de mes amis, dans une de ses terres... le marquis de Saint-Vallier... la marquise venait de partir pour l'Allemagne... Je voulais engager mon ami à faire aussi, avec moi, une petite promenade de l'autre côté du Rhin... Vous comprenez... un voyage de santé, le marquis n'en était pas d'avis; et pendant que nous délibérions, on nous a arrêtés tous deux... ce qui nous a épargné les frais de poste.

PLACIDE.

Au moins, vous êtes en pays de connaissance..... Et puis-je savoir à qui j'ai l'honneur de parler?... car je suis nouveau... j'ai été transféré ce matin de la Force à la Conciergerie...

LE VICOMTE.

Le vicomte de Chailly.

PLACIDE.

Enchanté! citoyen vicomte!

LE VICOMTE, *sèchement.*

Hein!

PLACIDE, *vivement.*

Je veux dire, M. le vicomte!... Croyez-vous que ça dure long-temps toutes ces bêtises-là?

LE VICOMTE.

Vous appelez ça des bêtises, M. Placide?

PLACIDE, *se retournant.*

Voulez-vous dire, *citoyen*... s'il vous plaît?... ce n'est pas pour moi... mais ces messieurs paraissent y tenir... Du reste, M. le vicomte, votre société me plaît infiniment.

LE VICOMTE.

Grand merci... mais je ne crois pas que nous restions long-temps ensemble... d'un moment à l'autre...

PLACIDE, *alarmé.*

Vous croyez!

LE VICOMTE, *légèrement.*

En attendant... je vais faire un petit bout de toilette... Je serais fâché que ces messieurs me surprissent en négligé... Vous permettez...

PLACIDE.

Comment donc !... en prison , il faut que chacun soit libre...

LE VICOMTE, *en sortant.*

Quel ennuyeux bavard !

PLACIDE, *à lui-même , après avoir salué le vicomte.*

Il est fort aimable, pour un ci-devant !... Au moins, c'est agréable... Mon père qui m'avait recommandé de ne voir que la bonne société... Je ne pouvais pas mieux tomber... les prisons sont très-bien composées.

SCÈNE II.

PLACIDE , ANTOINE *en commissionnaire ; il porte un panier rempli de bouteilles , de paquets et de livres ; il a des lettres ouvertes à la main ;* PRISONNIERS.

ANTOINE, *à la cantonnade.*

Je vous dis que j'ai déjà été visité aux trois guichets....
(Tous les prisonniers l'entourent.)

PLACIDE.

Ah ! c'est le commissionnaire ; il a l'air joliment bourru !

ANTOINE, *brusquement.*

Voyons, quand vous m'étoufferez... que diable !.... donnez-vous donc le temps.

UN PRISONNIER, *à Antoine.*

Ai-je une lettre ?... Guillaume , armurier.

ANTOINE, *regardant les lettres.*

Section des Droits de l'Homme ?... Il n'y a rien aujourd'hui... Toi, Vertbois... du linge... Toi... du vin... Toi, des livres...

D'AUTRES PRISONNIERS.

Et nous ?

ANTOINE.

Il n'y a rien aujourd'hui... (*Les prisonniers s'éloignent, Antoine regarde le bâtiment à droite.*) (*A part.*) Il ne paraît pas !... Depuis quinze jours que je suis parvenu à m'introduire... impossible de l'approcher...

DES PRISONNIERS, *dans la seconde cour.*

Jacques! et nous...

ANTOINE, *allant à la grille.*

Michel Noirau, section du Mont-Blanc...

UN PRISONNIER.

Voilà.

ANTOINE.

Tiens, une lettre... Ton petit se porte bien... il va à l'école...

PLACIDE, *s'approchant en riant.*

Et moi, tu ne m'apportes rien?

ANTOINE.

Non... mais si tu veux que je passe à ton domicile?

PLACIDE.

C'est que la course est un peu longue.

ANTOINE.

Ça ne fait rien...

PLACIDE.

Voyez-vous... Je suis de Laval, en Bretagne... et alors...

ANTOINE.

Ah! il fait le farceur celui-là...

PLACIDE.

Que voulez-vous, mon brave homme, je suis venu à Paris pour m'amuser... parbleu... il faut que je te conte mon arrestation... Figure-toi que mon père...

ANTOINE, *ôtant sa veste.*

Ah! je n'ai pas le temps d'écouter tes fariboles.

(Il va prendre la scie. — On entend le son d'une cloche.)

PLACIDE.

Là! il faut rentrer... Que c'est désagréable!

LE CONCIERGE, *sur le pas de la porte.*

(*Aux prisonniers.*) Allons, remontez.

(Tous les prisonniers rentrent dans le bâtiment à droite; ceux de la seconde cour rentrent aussi.)

PLACIDE, *en rentrant.*

Notre concierge!... je reviendrai te conter cela...

SCÈNE III.

ANTOINE, BERTRAND, ensuite FRANÇOIS.

BERTRAND, *brusquement.*

Comment, ce bois n'est pas encore scié?

ANTOINE, *se préparant.*

Écoute donc, les journées n'ont que douze heures... (*à part.*) et puis, je fais durer le plaisir : on n'aurait qu'à me changer de cour. (*Apercevant François, qui entré à gauche dans le fond.*) Ah, te voilà, toi... salut et fraternité !

FRANÇOIS, *s'avançant les mains derrière le dos, et sa pipe à la bouche.*

Je parie que tu causais avec les prisonniers ; j'en mettrais ma main z'au feu !

ANTOINE.

Ah ben ! oui... c'est bien moi qui irais fraterniser avec des factieux... des modérés... (*Prenant une bûche.*) A propos... je viens de la section... Avez-vous changé de noms, aussi, vous autres?... ils disent que les anciens ne valent plus rien!... Le petit procureur... vous savez ? il s'appelle *Agrippa !*

FRANÇOIS.

Oui... c'est comme moi! parce que j'étais serrurier d' mon état, et que j' dis queuquefois : J'en mettrais ma main z'au feu!... ne veulent-ils pas m'appeler *Scévola...* mais j' veux pas ; j'aime mieux François... on sait ce que ça veut dire.

ANTOINE.

Scévoila ?

BERTRAND, *allumant sa pipe à celle de François.*

Oui... *Scévola...* parce que dans les temps y a t'évu z'un particulier qui s'a brûlé l'poignet pour la république romaine...

ANTOINE.

C'est superbe ! mais ça devait le gêner... pour scier son bois... (*Allant à son chevalet.*) Et y a-t-il du nouveau ?

BERTRAND, *s'asseyant à la porte du bâtiment à droite.*

Des conspirations... tous les jours...

FRANÇOIS.

Et j'peux pas mettr' la main sur une !...

ANTOINE.

On vous en demande donc ?

FRANÇOIS.

Oui... J'en avais découvert une l'autre jour... j'en mettrais ma main z'au feu..... Mais Horatius-Coclès me l'a soufflée.

ANTOINE.

Horatius Coclès?... Ah!... le ferblantier du coin... qui a
un œil oblique... ah! ah !... c'est un sournois que ce diable d'Horatius Coclès... faut s'en méfier...

FRANÇOIS, *en confidence.*

Malgré ça... j'crois que j'tiens queuqu'chose... Ce
Saint-Vallier qui est là haut...

(Il désigne le bâtiment à droite.)

ANTOINE, *à part.*

Mon maître !

FRANÇOIS.

C'est un agent de Pitt et Cobourg.

ANTOINE.

Bah !

FRANÇOIS, *de même.*

Sa femme est en Allemagne... et il lui écrit tous les
jours.

ANTOINE, *avec ironie.*

Il écrit à sa femme !... voyez-vous cet exagéré !

FRANÇOIS, *baissant la voix.*

Et puis ce coffre que mon frère le *menuisier* lui a fait
dans les temps, et dont j'ai fait les ferrures... Ça nous a
paru suspect !... c'était pour envoyer des sommes aux puis-
sances colisées.

ANTOINE.

Vraiment ! (*A part.*) Ah! c'est le frère du menuisier...
(*Changeant de ton.*) Et ta femme?.. on dit qu'elle est accou-
chée ?

FRANÇOIS, *d'un air riant.*

D'la plus jolie p'tit' fille... C'est moi qui l'a nommée...

ANTOINE.

Comment que tu l'appelles?

FRANÇOIS.

Tubéreuse, Carotte, Cornélie. (*On entend du bruit aux guichets.*) Qu'est-ce que c'est que ça?

ANTOINE.

De nouveaux pensionnaires qui arrivent...

FRANÇOIS.

Et personne pour les recevoir !... (*A Bertrand, qui s'est
endormi.*) Hé! allons donc, au guichet!

ANTOINE.

Tu dors... Bertrand !

(Il laisse tomber une bûche, qu'il prend sur son chevalet.)

BERTRAND, *s'éveillant.*

Quoi?... qu'est-ce qu'il y a?

FRANÇOIS, *l'emmenant.*

Aux guichets! (*A Antoine.*) Et toi, achève ton bois.

(*Ils sortent.*)

SCÈNE IV.

ANTOINE, *seul, posant sa scie.*

Il n'a pas oublié ce diable de coffre! c'est que ce serait un fier coup... pour le comité des recherches! Cinq cent mille francs en or, et tous les diamans de la famille!... heureusement... il n'y a que moi au monde qui sache où il est... M. le marquis lui-même l'ignore. (*Il regarde autour de lui.*) Quand on l'a arrêté à Saint-Vallier, je me suis douté qu'on ne tarderait pas à revenir pour tout prendre... J'ai enfoui le coffre dans un endroit du château, et ils seront bien fins s'ils le trouvent... (*Il s'arrête.*) Mais avant tout... faut le sauver... faut le tirer d'ici... et ce n'est pas facile... à moi seul!... A qui me fier?... je sais bien qu'il y a encore plus de braves gens qu'on ne croit... mais c'est qu'ils ont peur... voilà le diable... (*Il charge ses crochets.*) Chargeons toujours mes crochets... en montant du bois, je pourrai peut-être le prévenir... (*François paraît dans la seconde cour, et a l'air de l'observer. Jacques l'aperçoit.*) Je crois qu'on m'écoute... Vite le petit refrain patriotique; ça ne peut pas nuire.

(*Il chante en plaçant les bûches.*)

« Mais au premier son du tambour... »

(*Bas.*) J'ai plus envie de pleurer que de rire...

(*Chantant.*)   « On sacrifie
     « A sa patrie
« Son bien, sa vie et son amour!... »

(*Parlant.*) C'est-il désagréable... mais faut hurler avec les loups!...

(*Chantant plus fort.*)   « Son bien, sa vie et son amour. »

(*On entend du bruit dans la coulisse.*)

Qui vient là?

SCÈNE V.

ANTOINE, LÉON, *en uniforme de brigadier de hussards,* BERTRAND.

BERTRAND, *sur le pas de la porte.*

Eh! dis donc, camarade... et ton sabre?...

LÉON , *sans voir Antoine.*

Le voici... (*Il le lui donne. Bertrand sort.*) C'est bon !... c'est bon !... fermez vos portes... Je ne serai pas toujours sous clef !

ANTOINE , *regardant de côté.*

Un soldat !

LÉON , *frappant du pied.*

Mille bombes ! enfermer les défenseurs de la patrie !...

ANTOINE , *écoutant.*

Eh ! mais... je ne me trompe pas... cette voix...

LÉON.

Patience !... ça ne peut pas durer long-temps !... Si l'armée se fâche une bonne fois...

ANTOINE , *s'approchant.*

C'est bien lui... Monsieur Léon !...

LÉON.

Que vois-je ?... Antoine !... c'est toi, mon vieil ami...

(Il lui saute au cou.)

ANTOINE.

Pas de bruit...

LÉON.

Et que fais-tu en prison ?... sous ce costume ? qu'est-ce que cela signifie ?

ANTOINE.

Je n'y suis pas pour mon compte... Je vous expliquerai cela... Mais vous... je vous croyais encore en Belgique ?

LÉON.

Bah !... est-ce que nous restons en place !... Depuis que mon escapade a mis contre moi presque toute ma famille, et que je me suis engagé, j'ai vu du pays... et j'en ai fait voir aux autres.

ANTOINE.

Vous arrivez de l'armée ?...

LÉON.

Des Pyrénées-Orientales.

ANTOINE.

Vous avez été si loin que ça ?

LÉON.

Oh ! nous irons bien plus loin encore !

ANTOINE, *avec admiration.*

Et vous vous êtes battu?...

LÉON.

Comme un diable !

ANTOINE, *émerveillé.*

Vous-même?... un enfant que j'ai vu naître!...

LÉON, *avec enthousiasme.*

Ah! maintenant... il n'y a plus d'enfans!... Si tu voyais nos soldats de quinze ans!... il n'y a pas de vieilles moustaches qui tiennent devant eux... Aussi quels succès!... que de victoires immortelles!... Ah! ça... tu ne me parles pas de mon père, de ma mère!... Comment se portent-ils?

ANTOINE, *à part.*

Ah! mon Dieu! comment lui cacher...

LÉON.

Sont-ils toujours à Saint-Vallier?

ANTOINE, *embarrassé.*

Madame la marquise fait un petit voyage, et... (*Voulant détourner la conversation.*) A propos... pourquoi vous trouvez-vous donc en prison ?

LÉON, *haussant les épaules.*

Est-ce qu'ils le savent eux-mêmes!... Je suis venu avec le brave Desaix, apporter la nouvelle d'une victoire du général Marceau... En déjeûnant dans un café... je me suis permis quelques plaisanteries sur le représentant du peuple qu'on nous a envoyé là-bas... Dix minutes après, j'étais en route pour la Conciergerie... Mais, tu ne m'as pas dit?...

ANTOINE, *l'interrompant.*

Et mademoiselle Clémentine?

LÉON.

Elle est chez une bonne parente... Tu sais que nous sommes mariés... Pauvre petite femme!... J'irai la rejoindre à la paix.

ANTOINE.

Diable! elle a le temps d'attendre!

LÉON.

Je la présenterai à mon père!...

ANTOINE.

Il ne voudra pas vous recevoir... Vous savez...

LÉON.

Du tout... Il m'a pardonné... (*Tirant une lettre de sa
ceinture.*) Vois plutôt cette lettre qu'il m'a écrite... il y a
neuf mois.

ANTOINE, *prenant la lettre et s'apprêtant à lire.*
Neuf mois !

(Il soupire.)

LÉON, *l'observant.*

Mais qu'est-ce que tu as donc? Cet air de mystère,
d'embarras... Réponds-moi... Antoine... où est mon
père?

BERTRAND, *en dehors.*

Jacques. (*Musique.*)

ANTOINE, *serrant vite la lettre et retournant à ses crochets.*

Le concierge !... éloignez-vous... j'irai vous rejoindre...

LÉON, *près de lui.*

Non ! je ne te quitte pas que tu ne m'aies dit où est
mon père... Ton silence me fait trembler... et...

ANTOINE, *le faisant passer de côté.*

Eh bien !... ayez l'air de m'aider.

SCÈNE VI.

LES MÊMES, BERTRAND.

BERTRAND, *traversant le théâtre.*

Allons donc, Jacques; ce bois...

LÉON, *à part, étonné.*

Jacques !

ANTOINE *fait signe à Léon de se taire et met les crochets sur
son dos.*

Voilà ! voilà !... C'est que ce jeune hussard me contait
nos victoires... ça fait plaisir !...

BERTRAND.

C'est bon ! n'oublie par la chambre de Saint-Vallier.

(Il ouvre la porte du bâtiment qui est en face le guichet et
disparaît.)

LÉON, *frappé d'étonnement.*

Mon père !

ANTOINE, *à mi-voix.*

Silence !

LÉON.

Il est ici ?

ANTOINE.

Je voulais vous le cacher...

LÉON.

Grands Dieux !

ANTOINE.

Calmez-vous !

LÉON, *hors de lui.*

Ses jours sont menacés ! Je veux le voir.

ANTOINE, *vivement.*

Eh bien!... eh bien! vous le verrez... mais , au nom du ciel... pas d'imprudence... ou vous nous perdez tous.....
Suivez-moi.

> (*Musique.* Antoine fait signe à Léon de le suivre, et après
> avoir regardé s'ils ne sont pas observés, ils sortent par la
> même porte que Bertrand.)

> (Le théâtre change et représente une salle commune aux
> prisonniers. Au fond, des fenêtres garnies de barreaux de
> fer, avec un grand poêle, une chaise et des bancs.)

SCÈNE VII.

LE MARQUIS, *seul, entrant par la porte à droite.*

> (Habit très-simple , cheveux dépoudrés ; il regarde un papier
> qu'il tient à la main.)

De la part de Léon !... de Léon !... c'est inconcevable !...
Tous les quinze jours... mille francs en assignats... avec
ce seul mot... (*Il le regarde encore.*) Ce n'est pas l'écriture
de mon fils... Comment a-t-il pu me faire parvenir... Il
sait donc que je suis ici... Il a donc quitté l'armée !... Je
m'y perds !...

> (Il s'assied et paraît réfléchir.)

SCÈNE VIII.

LE MARQUIS, ANTOINE, LÉON, *entrant par la porte
à gauche.*

ANTOINE, *bas à Léon.*

Prenez garde... on nous suivait... (*Il regarde de côté.*) Il
est passé... (*Il s'approche du poêle et jette brusquement son
bois.*) Pardon , excuse... Je te dérange peut-être ?...

LE MARQUIS, *sans tourner la tête.*

Non , mon ami.

LÉON, *à Antoine.*

C'est lui !

> (Il veut s'élancer vers son père.)

ANTOINE, *le retenant.*

Attendez !...

(Ils s'approchent doucement, et écoutent.)

LE MARQUIS, *à lui-même.*

J'ai fait le sacrifice de ma vie... mais partir !... sans revoir ma famille !... sans avoir embrassé mon pauvre Léon !

LÉON , *à voix basse.*

Il a prononcé mon nom !

LE MARQUIS, *de même.*

Il ne saura pas que mes dernières pensées étaient pour lui... il ne sera pas là... pour recevoir ma bénédiction !...

LÉON , *se jetant aux pieds du marquis, et lui baisant les mains.*

Mon père ! il est près de vous.

LE MARQUIS , *se levant.*

Que vois-je ?... Léon ! (*Il l'embrasse à plusieurs reprises.*) Cher enfant ! je ne suis donc plus seul !... séparé de tous les miens... J'ai revu mon fils !

ANTOINE , *derrière lui et à mi-voix.*

Plus bas, M. le marquis !...

LE MARQUIS, *très-étonné.*

Antoine aussi !... est-ce un rêve ?...

ANTOINE, *avec âme et lui baisant les mains.*

Non , non... mon cher maître... C'est votre vieil Antoine !..... Depuis huit mois, je cherche vainement les moyens d'arriver jusqu'à vous.

LE MARQUIS, *les serrant tous deux dans ses bras.*

Ah ! voilà qui console de tout !... (*A Léon.*) Cher enfant ! j'espérais te revoir... Ce billet que j'ai reçu... Mais il faut que je te gronde... Comment as-tu fait pour m'envoyer tant d'argent ?... un soldat !

LÉON , *étonné.*

Que voulez-vous dire ?

ANTOINE, *à part.*

Ah ! mon Dieu !... de quoi va-t-il parler !...

LE MARQUIS.

Tout-à-l'heure encore... je viens de recevoir...

LÉON.

Ce n'est pas moi... je vous le jure... Depuis un an , nous ne sommes pas payés... et sans vos secours généreux...

LE MARQUIS.

Mes secours !... Je ne pouvais disposer de rien...

TOUS DEUX.

O ciel!... qui donc?

(*Ils regardent Antoine en même tems.*)

ANTOINE, *voulant retourner à son bois.*

Oh! là, là! (*Haut.*) J'vas toujours ranger mon bois!...

LÉON, *l'arrêtant.*

Un moment!

ANTOINE.

Prenez donc garde!... vous allez déchirer ma carmagnole...

LE MARQUIS.

Il se trouble!

LÉON.

C'est lui, mon père!

LE MARQUIS, *lui prenant la main.*

Antoine!

ANTOINE, *ému, et les regardant timidement.*

Eh bien!... vous aurais-je offensé? si mes petites économies...

TOUS DEUX, *l'embrassant.*

Mon ami!..

ANTOINE.

Ne m'avez-vous donc pas nourri pendant trente ans?... ne dois-je pas tout à vos bontés?... (*Essuyant une larme.*) Laissons cela; nous ne sommes pas ici pour nous attendrir... mais pour vous sauver.

LE MARQUIS.

Me sauver!

ANTOINE, *vivement et à mi-voix.*

Oui; j'ai tout prévu... mes mesures sont prises... et demain soir...

LE MARQUIS, *lui prenant la main.*

Demain!... il ne sera plus tems!...

TOUS DEUX.

Comment?

LE MARQUIS, *avec calme.*

Je parais aujourd'hui devant mes juges!...

(*Ils frémissent.*)

LÉON, *attéré.*

Aujourd'hui...

LE MARQUIS.

Calme-toi, cher enfant!

SCÈNE IX.

LES MÊMES, **LE VICOMTE**, *habillé et coiffé comme en 88, mais sans épée.*

LE VICOMTE, *avec gaîté, un papier à la main.*

Tenez, marquis, voilà une chanson faite par un détenu... elle est d'une gaîté folle... Il faut que je vous la chante... (*Apercevant Léon.*) Eh! je ne me trompe pas! le chevalier en prison!... et Antoine aussi!... Te voilà comme les gens comme il faut...

LÉON, *distrait.*

Monsieur le vicomte!...

LE VICOMTE.

Embrassons-nous donc, mon petit chevalier de Malthe!... c'est-à-dire... chevalier de Malthe... ce n'est pas tout-à-fait là l'uniforme de l'ordre.

LÉON.

Monsieur!...

LE MARQUIS.

Pouvez-vous songer à plaisanter!...

LE VICOMTE.

Ma foi!... c'est par habitude, car je vous jure que je n'en ai pas envie... (*Au marquis, avec un regard expressif.*) Vous savez... c'est pour aujourd'hui... Vous avez reçu aussi un chiffon de papier... (*Il tire de sa poche un papier qu'il chiffonne.*) le relevé de tous nos crimes.

ANTOINE.

Et de quoi vous accuse-t-on?

LE VICOMTE, *le passant à Léon.*

Toujours la même chose... d'entretenir des intelligences avec les ennemis de la nation... c'est de rigueur... De porter de la poudre et des boucles d'argent... (*Regardant ses pieds*) Non... non... ils se trompent... celles-ci sont d'acier... on m'a pris les autres, pour les déposer sur l'autel de la patrie.

ANTOINE, *lisant par-dessus l'épaule de Léon.*

Accusé d'avoir fait passer de l'argent à son frère... émigré. (*Avec un mouvement d'horreur.*) Ah!...

LÉON, *sortant de son accablement.*

Voilà donc notre récompense! tandis que nous versons notre sang pour les défendre... ils proscrivent nos familles... ils assassinent nos parens!... Eh bien!... qu'ils cherchent des soldats... Je ne le suis plus!

ANTOINE.

Que dites-vous?

LE VICOMTE.

Il a raison!...

LE MARQUIS, *vivement.*

Mon fils!... et la France!... la France!... parce qu'elle est opprimée par quelques misérables qu'elle désavoue... a-t-elle donc perdu ses droits à tes yeux? N'est-elle plus ton pays?... La verras-tu tomber sous le joug de l'étranger?

LÉON, *comme frappé d'une idée subite.*

Attendez!... quel espoir!... oui!... (*Au marquis et au vicomte.*) Vous serez sauvés!...

TOUS.

Comment?

LE MARQUIS.

Quel est ton projet?

LÉON, *avec feu.*

Vous le saurez... Le général Desaix est à Paris... Il va me réclamer... Ses amis, ses braves camarades... Kléber, Kellermann, Joubert... et tant d'autres, l'espoir et la gloire de la France, peuvent me seconder... Nous serons près de vous, devant vos juges... C'est moi qui vous défendrai... et s'ils osaient attenter à vos jours!...

ANTOINE.

Il va faire un soulèvement...

FRANÇOIS, *paraissant à la porte à gauche.*

Un soulèvement!... Hein?

TOUS, *avec effroi.*

Silence!

(*Musique.* Ils restent immobiles à leurs places. Antoine range son bois.)

SCÈNE X.

LES MÊMES, FRANÇOIS, *les observant.*

(La musique continue jusquà la scène XI.)

FRANÇOIS, *à part.*

N'ayons pas l'air... Mais il y a quelque chose... J'en mettrais ma main... (*Haut.*) Le jeune Léon, brigadier d'*huzards?*

LÉON.

C'est moi.

FRANÇOIS, *lui remettant un papier.*

Tiens!... tu es libre... Ton général t'attend... et la patrie t'appelle.

   (Il feint de traverser le théâtre, et se cache derrière la porte à droite.)

LÉON.

Je m'éloigne!...(*à voix basse.*) Mais c'est pour veiller sur vos jours.

LE MARQUIS, *de même.*

Adieu, ne m'embrasse pas... on pourrait te voir... Surtout point d'imprudence!

LÉON, *lui baisant la main à la dérobée.*

Antoine, ne quitte pas mon père! (*Prenant la main du vicomte.*) Nous nous reverrons, vicomte!

LE VICOMTE.

Je ne le pense pas... mais je vous remercie de l'intention, chevalier... Je vais vous reconduire jusqu'au guichet... Vous m'excuserez si je ne vais pas plus loin...

LÉON, *de loin, à son père, qui lui tend les bras.*

Adieu!

                             (Ils sortent.)

SCÈNE XI.

LE MARQUIS, ANTOINE, FRANÇOIS, *caché.*

FRANÇOIS, *ayant remarqué les adieux de Léon.*

Ah!...

ANTOINE, *suivant des yeux Léon et le vicomte.*

Il réussira!

LE MARQUIS.

Je ne m'en flatte pas... mais il ne faut avoir rien à se reprocher... (*Regardant de tous côtés, et à voix basse.*) Antoine!

ANTOINE, *jetant un coup-d'œil rapide autour de lui.*

Monsieur le marquis? (*François montre sa tête.*) Vous semblez inquiet...

LE MARQUIS, *à voix basse.*

J'en conviens... Un papier que, jusqu'à présent, j'ai eu le bonheur de soustraire à tous les yeux... mais, devant mes juges, si on le trouvait sur moi... je serais perdu sans ressource.

ANTOINE.

Comment?

LE MARQUIS.

C'est une lettre de M. de Calonne.

ANTOINE.

Je vais la jeter au feu.

LE MARQUIS.

Non, non... c'est une partie de la fortune de mes enfans... elle contient une reconnaissance.

ANTOINE.

Eh bien! donnez-la moi... je me charge de la mettre en
sûreté... Je puis sortir quand je veux... ainsi...

LE MARQUIS, *la cherchant dans son sein.*

Regarde si personne n'est là...

ANTOINE, *regardant à gauche.*

Personne!...

LE MARQUIS, *étendant la main.*

La voilà!...

(Au moment où Antoine se retourne pour prendre la lettre,
François, qui s'est avancé à pas de loup, la saisit.)

FRANÇOIS.

Un moment!

LE MARQUIS ET ANTOINE, *reculant.*

Dieux!

FRANÇOIS.

Pour le coup, je tiens ma conspiration, et on ne me la
soufflera pas, celle-ci...

(Il ouvre la lettre.)

ANTOINE, *à part.*

Nous sommes perdus!...

FRANÇOIS, *tournant la lettre dans tous les sens.*

(*Après un silence.*) Quel dommage que je ne sache pas
lire!

ANTOINE, *à part.*

Quel bonheur!

SCÈNE XII.

LES MÊMES, PLACIDE, *qui est entré sur les derniers mots
de François.*

PLACIDE, *étourdiment.*

Vous avez quelque chose à lire?... Me voilà... à votre
service!...

ANTOINE, *à part.*

Que le diable l'emporte !

FRANÇOIS, *à Placide.*

Tu sais lire, toi ?

PLACIDE.

Je crois bien !... C'est moi qui lisais toutes les lettres de papa, à Laval.

ANTOINE, *à part et regardant le marquis.*

Comment empêcher ?...

FRANÇOIS.

Eh bien ! tu vas me déchiffrer ça.

ANTOINE, *bas à François.*

Tu te fies à lui ?

FRANÇOIS.

Ça ne te regarde pas.

ANTOINE, *de même.*

Un homme qui sait lire, c'est un suspect... Il porte de la poudre.

FRANÇOIS.

Silence !...

ANTOINE, *à part.*

Que faire ?... Ah ! la lettre à son fils !
(*Il la tire de sa poche et suit les mouvemens de François, qui s'est rapproché de Placide.*)

FRANÇOIS, *à Placide.*

Du reste, n' crois pas m' tromper... j'en sais assez pour deviner... Si tu lis juste... tu seras pour quelque chose dans la conspiration.

PLACIDE, *effrayé.*

Comment, dans la conspiration ?

FRANÇOIS.

Dans la découverte... de la conspiration...

PLACIDE.

A la bonne heure !
(*En ce moment, Antoine, qui s'est approché, jette devant lui, d'une main, la lettre du marquis à Léon, et saisit légèrement de l'autre main, celle que François tient encore ; il la cache précipitamment derrière lui, et montre du bout du doigt la lettre qui est à terre. Ce mouvement doit être très-rapide.*)

ANTOINE, *à François.*

Tiens ! tiens ! tu laisses envoler ta conspiration...

FRANÇOIS, *se précipitant dessus.*

Morbleu ! (*Il la ramasse et regarde Antoine avec défiance,*

Celui-ci a les yeux en l'air et ne paraît pas s'occuper de ce qui se passe.) (*A Placide.*) Mets les points sur les *i*...

PLACIDE, *lisant.*

« Mon cher fils... »

LE MARQUIS, *à part, étonné.*

Qu'entends-je?...

PLACIDE.

Tiens!... c'est à son fils qu'il écrit... Mon père devrait bien en faire autant... Enfin, depuis deux mois que je suis parti de Laval...

FRANÇOIS, *à Placide.*

Veux-tu lire!

PLACIDE, *lisant.*

« Je suis loin de te blâmer d'avoir défendu ton pays... »

FRANÇOIS, *étonné.*

Comment, il y a ça?

PLACIDE.

Eh bien! voilà un drôle de conspirateur!

LE MARQUIS, *surpris et à part.*

C'est ma lettre à Léon!

ANTOINE, *après avoir fait un signe d'intelligence au marquis.*

Faut voir... parce que queuque fois, c'est comme ça en commençant, et puis... (*A Placide.*) Continue.

PLACIDE, *lisant.*

« Le premier devoir d'un Français..... est de sacrifier ses jours au salut de sa patrie. »

ANTOINE.

Qu'est-ce que tu dis?

PLACIDE, *répétant.*

« Au salut de sa patrie!... »

ANTOINE, *de même, avec emphase.*

Au salut de la patrie!

PLACIDE.

C'est superbe!

ANTOINE, *à François.*

Qu'est-ce que tu viens donc nous chanter, avec ta conspiration?

FRANÇOIS, *stupéfait.*

Mais...

ANTOINE, *s'animant.*

Voilà comme on compromet les braves gens!

PLACIDE, *de même.*

Oui, voilà ceux qu'on arrête!... C'est comme moi! est-ce que je devrais être ici?... Après m'être si bien montré dans mon département!... enfin, je suis le premier qui ai mis un homme à ma place pour aller repousser les Prussiens.

ANTOINE, *s'échauffant aussi, à François.*

C'est-à-dire que c'est toi qui conspires dans ce moment-ci.

FRANÇOIS.

Comment?

PLACIDE.

Il a raison... tu conspires, je t'en préviens!...

ANTOINE.

Et si on te dénonçait?...

PLACIDE.

Ah!... ça serait drôle, s'il allait en prison!... Il serait obligé de se surveiller lui-même... Continuons...

FRANÇOIS, *lui arrachant la lettre.*

C'est assez!... je m' la f'rai ach'ver par un autre.

ANTOINE, *bas au marquis.*

Il n'y a rien de dangereux?

LE MARQUIS, *bas.*

Non!...

FRANÇOIS, *qui s'est aperçu de ce mouvement.*

Hum!.. Quant à toi, tu auras à répondre d'tes principes... J'suis t'imbu qu' tu n'es point... ce que tu es... on prétend que t'est ici sur un faux nom... J'éclaircirai la chose, et j'en ferai un rapport circonstanciel.

ANTOINE, *pendant qu'il sort.*

Et toi... ça n'empêche pas que tu conspires!...

(François sort.)

SCÈNE XIII.

LE MARQUIS, ANTOINE, PLACIDE.

ANTOINE, *à mi-voix.*

Encore une de sauvée!

LE MARQUIS.

Mais ses menaces, mon ami?...

ANTOINE.

C'est bien cela qui m'occupe maintenant!...

PLACIDE, *regardant par une fenêtre du fond.*

Dieu! que de monde dans la cour!... Il y a quelque nouvelle, c'est sûr!...

SCÈNE XIV.

LES MÊMES, LE VICOMTE, *suivi de plusieurs* PRISONNIERS *qui arrivent avec empressement.*

LE VICOMTE.

Ah! marquis, vous savez ce qui se passe!

LE MARQUIS.

Non, vraiment!...

ANTOINE.

Quoi donc?

TOUS, *s'approchant du vicomte.*

Qu'est-ce que c'est?...

LE VICOMTE.

Mes amis, dans une heure nous pouvons être libres.

TOUS.

Libres!

PLACIDE.

Ah! bien, par exemple, je pars tout de suite pour Laval; je verrai Paris une autre fois.

TOUS.

Silence! taisez-vous donc!

(Ils entourent le vicomte et le marquis.)

LE MARQUIS.

Eh bien!

LE VICOMTE, *à voix basse.*

Un grand événement se prépare : nos oppresseurs sont enfin tombés; on assure qu'ils sont arrêtés...

ANTOINE.

Est-il possible?

LE VICOMTE.

Tout Paris est sur pied; on se rassemble de tous côtés, et... (*On entend le tambour dans l'éloignement.*) Tenez! entendez-vous le tambour?

ANTOINE.

Oui, vraiment... Quel bonheur! (*Au marquis.*) Mon

cher maître, je cours aux informations ; je vous tiendrai au courant.

(Il sort au moment où Leblanc entre de l'autre côté.)

SCÈNE XV.

LES MÊMES, LEBLANC.

LE VICOMTE.

Eh ! parbleu ! voici quelqu'un qui nous arrive, qui nous en apprendra davantage.

LE MARQUIS.

Eh ! c'est Leblanc, mon ancien fermier !... Ce que l'on vient de nous apprendre est-il vrai ? Un mouvement dans Paris ?...

LEBLANC.

Oui, M. le marquis... Tout ce que je sais, c'est que les sections ont pris les armes ; mais, arrêté ce matin même, je ne puis vous donner aucun détail...

LE MARQUIS.

Comment ?... vous en prison !...

LEBLANC.

Cela vous étonne !...

LE MARQUIS.

Non... Je sais que vous êtes un honnête homme, mais il me semble que vos opinions, vos principes... devaient vous mettre à l'abri...

LEBLANC.

A l'abri ?... au contraire !...

LE MARQUIS.

En auriez-vous changé ?

LEBLANC.

Jamais ! Ce que je désirais il y a quatre ans, je le veux encore... des lois égales pour tous, le bon ordre, la justice... Ces gens-ci n'entendent pas cela, et je ne pouvais manquer d'être leur ennemi. J'y mourrai peut-être... mais n'importe, quelque chose me dit que nos enfans recueilleront le fruit de nos sacrifices.

LE VICOMTE.

Allons, vous êtes un fou... un extravagant !...

PLACIDE.

C'est clair... Quand on a ces principes-là, on reste chez soi.

LE VICOMTE.

Il n'y a plus qu'un moyen, c'est de revenir bien vite où nous en étions.

LEBLANC.

Un moment !

LE MARQUIS.

Eh ! mon pauvre Leblanc, je me suis flatté comme vous ; mais tous mes rêves sont évanouis... Qu'espérez-vous encore ?

LEBLANC.

Un meilleur avenir.

LE MARQUIS.

Impossible !

LEBLANC.

La raison....

LE MARQUIS, *avec force.*

Ils la repoussent.... voilà où nous ont mené toutes vos belles idées !...

LEBLANC, *vivement.*

Ce ne sont pas les miennes.

LE VICOMTE.

Ma foi, c'est tout comme.

LE MARQUIS.

Et vous feriez bien d'y renoncer.

LEBLANC, *vivement.*

...Moi?...

LE MARQUIS, *de même.*

Sans doute...

LEBLANC.

Pour revenir aux anciens abus !....

LE MARQUIS, *s'animant.*

Monsieur Leblanc !

LEBLANC, *de même.*

Monsieur le marquis !

LE MARQUIS.

De pareilles opinions...

LEBLANC, *avec force.*

Je ne les abandonnerai jamais !...

LE MARQUIS, *avec emportement.*

Eh bien ! gardez-les... et ne me parlez plus !

SCÈNE XVI.

LES MÊMES, BERTRAND, *un papier à la main ;* **FRANÇOIS, UN AGENT DU TRIBUNAL, HOMMES ARMÉS.**

(Tout le monde se tait dès qu'ils paraissent.)

BERTRAND, *lentement.*

Pierre Leblanc, cultivateur.

LEBLANC.

Voilà !

BERTRAND.

Jules de Saint-Vallier...

LE MARQUIS.

C'est moi !...

BERTRAND, *hésitant et avec émotion,*

On vous attend au tribunal.

(*Musique.* Tous les prisonniers sont frappés de terreur ; le marquis et Leblanc se regardent avec calme.

LE VICOMTE, *à part.*

C'était un faux espoir !

LEBLANC, *avec sensibilité.*

Monsieur le marquis... tout-à-l'heure... je vous ai peut-être offensé ?...

LE MARQUIS, *lui ouvrant ses bras.*

Mon ami !

(Leblanc s'y précipite. Ils se tiennent embrassés quelques instans : tout le monde les regarde avec intérêt. La musique continue, le marquis se remettant à Leblanc :

Allons !...

LE VICOMTE, *prenant la main du marquis.*

Marquis, je ne vous quitte pas !

(Ils font un pas pour sortir par la gauche ; au même moment, Antoine accourt du côté opposé.)

ANTOINE.

Que vois-je ?... Ils l'emmènent !... mon cher maître !

LE MARQUIS, *lui tendant les bras.*

Antoine !

(Antoine veut le suivre.)

FRANÇOIS, *l'arrêtant.*

Un moment. Reste-là, tu es arrêté.

(Antoine fait un pas pour aller à lui, les soldats croisent la baïonnette sur un signe de l'agent.)

ANTOINE, *accablé*

Tout est perdu !

(Le marquis lui fait un signe d'adieu. Antoine lui tend les bras. La toile tombe au moment où le marquis, Leblanc et le vicomte sont près de la porte. Les prisonniers sont groupés au fond.)

FIN DU SECOND ACTE.

ACTE TROISIÈME.

(Le théâtre représente l'entrée d'un joli jardin, dépendant d'une manufacture. On voit dans le fond, à travers les arbres, de petites fabriques, une pompe à feu sur le bord d'une rivière, et dans l'éloignement un vieux château en ruines. A gauche, sur le second plan, un pavillon avec ce mot au-dessus de la porte : CONCIERGE. Au troisième plan, du même côté, est la grille d'entrée; à droite, une table de jardin et une chaise.)

SCÈNE PREMIÈRE.

HENRIETTE, *venant du jardin*, MADELEINE, *sortant du pavillon.*

HENRIETTE.

Madeleine ! Madeleine !

MADELEINE.

C'est vous, mamzelle Henriette... comment déjà levée !... Est-ce que vous allez aussi aux élections?... vot' papa, M. Leblanc, vient de partir.

HENRIETTE.

Oh ! ce n'est pas cela qui m'occupe... mais ce que tu m'as conté hier... j'ai rêvé toute la nuit de prison, de tribunal... de cette pauvre famille de Saint-Vallier... Ah ! que nous sommes heureux de n'avoir pas vu tout cela!... Et comment se porte ton oncle, ce bon Antoine ?

MADELEINE.

Pas trop mal, mamzelle... dam', à son âge, à quatre-vingt-dix ans... c'est encore étonnant qu'il soit aussi bien conservé.

HENRIETTE.

Et sa tête ?

MADELEINE.

Bien doucement... imaginez-vous que, même à présent, il n'y a pas d'jour qu'il n'veuille partir pour aller r'joindre ses maîtres.

HENRIETTE.

Pauvre homme!... il avait donc perdu tout-à-fait la raison?

MADELEINE.

Oh! tout-à-fait... La mort du marquis... celle de son pauvre petit Léon... c'a été le dernier coup pour lui... d'puis c'moment-là... plus de mémoire... plus d'idées!

HENRIETTE.

Il a dû être bien heureux cependant, quand mon père l'a nommé concierge de sa manufacture... de se retrouver chez le fils de ce bon Pierre Leblanc... l'ancien fermier de ses maîtres?... de revoir ce château qui leur appartenait...

MADELEINE.

Oh! oui... il le regarde souvent avec un plaisir... puis tout-à-coup, c'est drôle, il a l'air de chercher quelque chose...

HENRIETTE.

Ah! sans doute... ceux qu'il aimait... (*Soupirant.*) Quand on aime quelqu'un... et qu'on en est séparé...

MADELEINE.

Dieu!... quel soupir, mamzell'! gageons qu'vous pensez encore à c' jeun' homme d' Paris... cet élève d' l'Ecole polytechnique, que vous rencontriez les dimanches aux Tuileries... qui vous regardait toujours et qui n' vous parlait jamais...

HENRIETTE.

C'est vrai, ma pauvre Madeleine!... à présent que mon père a fait une brillante fortune, il veut me marier à un riche fabricant, qu'il attend ces jours-ci...

MADELEINE.

Eh! bien, que n' parlez-vous d' votr' jeune homme à vot' parrain, le vieux vicomte de Chailly?...

HENRIETTE.

Mon parrain?... il est ici?

MADELEINE.

Pardin!... il est v'nu pour voter... il a du crédit sur vot' père, quoiqu'ils s' chamaillent toujours!... t'nez, t'nez... les entendez-vous crier! ils reviennent des élections... tâchez d' mettre votr' parrain dans vos intérêts... j' vas voir si mon oncle est réveillé.

(Elle entre dans le pavillon.)

SCÈNE II.

HENRIETTE, LEBLANC, LE VICOMTE. (*Ces deux derniers entrent en se disputant.*)

LE VICOMTE.

(*Costume un peu gothique, perruque poudrée, etc.*)
C'est un choix détestable!

LEBLANC.

Excellent... au contraire!...

LE VICOMTE.

Un cerveau brûlé!

LEBLANC.

Du tout!... un honnête homme, dévoué au roi... à nos institutions... aux intérêts de la France.

LE VICOMTE.

Ah! voilà le grand mot... les intérêts de la France... C'est comme ça qu'on a tout perdu!... du reste, il est nommé... c'est fini... mais la preuve que j'avais raison, c'est que j'ai été seul de mon avis... et je soutiens...

HENRIETTE, *s'avançant gaîment.*

Eh bien! mon parrain, vous ne me dites rien... vous ne m'embrassez pas?

LE VICOMTE, *l'embrassant.*

Si fait... Bonjour, ma chère enfant... Je soutiens moi... Elle embellit tous les jours... Je soutiens que... Qu'est-ce que je voulais dire?.. Tu m'as fait perdre le fil de mon discours... c'est dommage, parce que j'allais confondre ton père... Du reste, je te préviens qu'il n'y a plus moyen de vivre avec lui... il me donne des attaques de goutte, et j'aime mieux en avoir pour un verre de Champagne... c'est plus agréable!

LEBLANC, *riant.*

Oui, le Champagne est la seule chose qui n'ait pas dégénéré en France, n'est-ce pas mon cher ami?

LE VICOMTE.

Ma foi, c'est tout au plus... ils nous en font avec du vin de Bourgogne... il est très-bon, cependant... et si on ne s'était jamais permis que de ces inventions là... mais le caractère national est perdu!... plus de gaîté, plus d'amabilité... nos jeunes gens ont cinquante ans, avant d'avoir de la barbe.

Air : *A soixante ans.*

A six ans, un enfant sait lire,
A douze, il a fini ses cours;
A seize, il se mêle d'écrire
Sur les affaires de nos jours...
Sur le budjet ils font tous des discours!
Puisqu'aujourd'hui, grâce aux destins propices,
L'enfance a tant de gravité,
Je voudrais qu'il fût arrêté
De réunir le bureau des nourrices
A ceux de l'Université! ·

LEBLANC, *riant.*

Vous vous plaignez de ce qu'ils sont trop sages...

LE VICOMTE.

Ils font tous de la politique!

LEBLANC,

Cela vaut mieux que de faire des dettes, comme autrefois.

LE VICOMTE.

Le grand mal!... on ne les payait pas!... Et les femmes, qui étaient l'âme de la société... on ne s'en occupe plus... Cependant il y en a encore de fort jolies... C'est une des choses qui se soutiennent... comme le Champagne.

HENRIETTE, *souriant.*

C'est bien heureux que vous nous accordiez cela, mon parrain.

LE VICOMTE.

C'est-à-dire... je vous accorde... je vous accorde... il n'y en a plus comme autrefois... Si vous aviez vu mademoiselle Du Thé... mademoiselle Laguerre... Ah!... quel bras! *(A Henriette.)* Aussi elle ne portait pas de manches à gigot, ma chère amie!

HENRIETTE, *riant.*

Je le crois...

LE VICOMTE, *bas à Leblanc.*

Le petit duc mangea 800,000 livres pour elle.

LEBLANC.

Peste!

LE VICOMTE ; *avec enthousiasme.*

C'était là des femmes!... Ma foi, je les aurais bien mangées aussi, si je les avais eues. *(Se reprenant, bas.)* Hein!... Qu'est-ce que je dis donc, moi... devant cette petite... *(Haut.)* Du reste, je le répète... tout va mal... et tant qu'on ne reprendra pas la poudre et les petits soupers...

on ne fera rien de bon en politique... Ah ça! quand marions-nous ma jolie filleule?

LEBLANC.

Mais, j'ai déjà un parti en vue.

LE VICOMTE.

Moi aussi!... un parti superbe... Pas de biens, il est vrai... mais un beau nom. (*A Henriette.*) Tu serais baronne, ma chère.

HENRIETTE.

Ah! je n'y tiens pas.

LEBLANC.

Ni moi non plus... Je respecte beaucoup les grands noms... mais ce que je veux avant tout, c'est un homme utile... Le gendre que je présenterai à Henriette, est un bon industriel comme moi... un riche négociant qui est même en marché, dans ce moment, pour acheter le château de Saint-Vallier.

LE VICOMTE.

Le château de Saint-Vallier?

LEBLANC.

Oui, pour établir une filature... Il va faire abattre le château... et...

LE VICOMTE, *furieux.*

Abattre le château... et pour une filature... Je vous demande à quoi ça sert... Les Vandales!

HENRIETTE.

Chut, mon parrain... ne parlez pas de cela devant le vieil Antoine; ça lui ferait tant de peine...

LE VICOMTE.

Le vieil Antoine... Comment, il vit encore?... (*Regardant Antoine, qui paraît à la porte du pavillon.*) Oui, ma foi... c'est bien lui!

SCÈNE III.

LES MÊMES, ANTOINE, MADELEINE.

(Antoine, vêtu à l'ancienne mode : habit brun, culotte noire, bas de soie gris, tête presque chauve, et poudrée. Il est soutenu par Madeleine.)

ANTOINE, *d'un air riant.*

Demandez-vous quelqu'un, messieurs?... (*Reconnaissant Leblanc.*) Ah! c'est M. Leblanc et cette bonne demoiselle Henriette.

LEBLANC, *lui prenant la main.*

Bonjour, mon cher Antoine.

HENRIETTE, *voulant le faire asseoir.*

Asseyez-vous là... au soleil.

ANTOINE.

Non : merci... Cependant il y a si long-temps que ces malheureuses jambes font leur service, qu'elles doivent en avoir assez.

LE VICOMTE, *s'approchant.*

Eh bien ! mon bon Antoine... tu ne me reconnais pas?... Nous sommes de vieux amis cependant...

ANTOINE, *regardant.*

Si fait !.., il me semble... (*Bas à Madeleine.*) Est-ce que je le connais?...

MADELEINE, *bas.*

Le vicomte de Chailly.

ANTOINE, *se ressouvenant.*

Ah!... le vicomte de Chailly !... un petit étourdi...

LE VICOMTE, *riant.*

Oui , un petit étourdi de soixante-sept ans.

ANTOINE.

Qui a fait tant de folies?

LE VICOMTE.

Eh bien !... est-ce qu'il va retrouver la mémoire à présent?... Allons déjeûner.

ANTOINE, *prenant le vicomte à part.*

M. le vicomte... vous allez déjeûner au château?... (*Bas avec mystère.*) Dites bien à M. le marquis... que c'est toujours à la même place...

LE VICOMTE, *regarde Leblanc avec surprise.*

Hein !... A la même place... quoi?

LEBLANC, *faisant signe qu'il a une absence.*

Le marquis !... Eh ! mon pauvre Antoine, vous oubliez que le marquis...

(Il soupire en levant les yeux au ciel.)

ANTOINE, *comme se réveillant.*

Ah! oui... je sais !... il n'y a plus personne !...

LEBLANC, *au vicomte et sa fille.*

Venez, venez...

TOUS, *à mi-voix, excepté Antoine.*

AIR : *Quel est donc ce nouveau mystère?*

Éloignez-vous, votre }
Éloignons-nous, notre } présence
L'émeut et le trouble déjà.

C'est dans le calme et le silence
Que la raison lui reviendra.

(Ils sortent à droite.)

SCÈNE IV.

ANTOINE, MADELEINE, *qui regarde son oncle avec inquiétude.*

ANTOINE, après un silence.

Eh ben ! est-ce que je déjeûne pas aussi, moi ?

MADELEINE, avec empressement.

Si fait, mon oncle... je vais mettre votre couvert...
(*Elle couvre la table.*) Et puis je vous donnerai un petit
coup de ce bon vin que mamzelle Henriette vous a envoyé, et que vous aimez tant.

(Elle entre dans le pavillon.)

ANTOINE, croyant parler à Madeleine.

Oui, un petit coup... ça ne fera pas de mal... Comme dit
la chanson de mon petit Léon.

(Il chantonne entre ses dents :)

« Vive le vin ! vive l'amour!.., »

(Madeleine rentre.)

SCÈNE V.

LES MÊMES, JULES, *en uniforme d'élève de l'École polytechnique, pantalon blanc. Il entre par la grille, et regarde
de tous côtés.*

JULES, à part.

J'ai beau regarder autour du parc, impossible de la voir.

MADELEINE, posant un plat de créme sur la table.

Là!... mettez-vous à table... mon oncle. (*Voyant Jules.*)
Tiens, un jeune homme !

JULES, avec un peu d'embarras.

C'est bien ici que demeure M. Leblanc, qui a une belle
manufacture ?

MADELEINE.

Oui, monsieur.

JULES.

Et une fille charmante !... (*Se reprenant.*) Pourrait-on
voir la manufacture ?

MADELEINE.

Elle est fermée aujourd'hui.

JULES, *tristement et à part.*

Allons... j'ai bien choisi mon prétexte !

ANTOINE, *qui s'est levé.*

C'est égal... si monsieur veut repasser... (*Il le regarde.*)
Demain... ou... ou après. (*Il jette un cri de surprise.*) Ah!
mon Dieu !

MADELEINE, *effrayée.*

Qu'avez-vous donc, mon oncle ?

JULES, *étonné.*

Comme vous êtes ému !

ANTOINE, *balbutiant.*

Ces traits... Il serait possible! (*Il lui tend les bras.*)
M. Léon !

JULES.

Vous vous trompez!... Je m'appelle Jules.

ANTOINE, *frappé.*

Comment! vous n'êtes pas Léon?

JULES.

C'était le nom de mon père...: Léon de Saint-Vallier.

ANTOINE ET MADELEINE.

De Saint-Vallier !

JULES.

Qui est mort colonel au combat de Brienne!...

ANTOINE, *tremblant d'émotion et l'embrassant.*

C'est lui! c'est le fils de mon cher petit Léon. (*A Jules
qui le regarde d'un air étonné.*) Vous ne me connaissez
pas?... Vous n'avez jamais entendu prononcer le nom du
vieil Antoine?...

JULES, *vivement.*

Antoine!... le bon Antoine, qui a élevé mon père... et
dont il me parlait sans cesse.

ANTOINE, *les larmes aux yeux.*

Il vous a parlé de moi?... il ne m'avait pas oublié?... Cher
enfant! (*Le contemplant avec émotion.*) Laissez-moi vous
regarder... Tiens, tiens, Madeleine, regarde-le aussi...
tout le portrait de son père... les yeux... le sourire... son
petit air espiègle.

JULES, *souriant.*

Ah! dame!... on se ressemble de plus loin.

ANTOINE.

Venez donc, que je vous embrasse encore!... A mon
âge, je n'ai pas beaucoup de tems pour vous aimer... il

faut que je me dépêche!... Mais, j'y pense, vous n'avez peut-être pas déjeûné?...

JULES.

C'est vrai!... je suis venu de Rouen à pied, et ma foi...

ANTOINE, *le conduisant à la table.*

Mettez-vous là... vite...

MADELEINE.

Et vous, mon oncle?

ANTOINE.

Est-ce que je puis avoir faim, quand il n'a pas déjeûné?

JULES, *avec instance.*

Antoine... je ne souffrirai pas...

ANTOINE, *le faisant asseoir.*

Je n'ai besoin de rien...

JULES, *se levant.*

Je ne veux pas qu'il reste debout... Madeleine, une chaise!

ANTOINE, *retenant sa nièce.*

Non!... ce moment m'a rajeuni... il me semble que les idées... la mémoire me reviennent... Mettez-vous là, mon petit Léon... Vous me permettez bien de vous appeler Léon?

JULES, *s'asseyant.*

Comme tu voudras, mon vieil ami!...

ANTOINE, *enchanté.*

Il m'a tutoyé!... J'ai cru entendre son père!... (*A Madeleine.*) Donne-moi une serviette, que je le serve... que j'aie encore ce plaisir-là une fois! (*Il le regarde manger, en se tenant debout, avec une serviette à la main.*) Il paraît que nous avons bon appétit?

JULES, *dévorant.*

Oh! ça ne m'a jamais manqué... Dieu!... la bonne crême!

ANTOINE, *souriant.*

Il dévore... comme son père quand il revenait du collége... (*Il lui verse à boire en tremblant.*) Allons, il faut boire un petit coup.

JULES, *levant son verre.*

Doucement!... Je n'ai pas l'habitude.

ANTOINE.

Ah ça, cher enfant, contez-moi ce qui vous est arrivé... Qu'êtes-vous devenu? Quel est votre sort?

JULES.

Il n'est pas brillant; j'ai été orphelin de si bonne heure !..

ANTOINE.

Et qui vous a amené dans ce pays?

JULES, *avec mystère.*

Oh! ça, c'est un grand secret... (*Baissant la voix.*) Je suis amoureux!

MADELEINE.

A votre âge !

ANTOINE, *enchanté.*

Absolument comme son père !

JULES.

Tel que vous me voyez.... je devrais être à Metz avec le régiment... et pour aller en Lorraine, j'ai pris par la Normandie : ce n'est pas trop le chemin... mais je ne pouvais plus y tenir... Trois dimanches sans la rencontrer aux Tuileries?

MADELEINE, *vivement.*

Trois dimanches... Ah! mon Dieu!... Monsieur, seriez-vous de l'École polytechnique?

JULES.

Justement... J'en suis sorti il y a quinze jours.

MADELEINE.

C'est cela... (*Bas.*) Soyez tranquille... on pense à vous.

JULES, *avec joie.*

Vraiment !

MADELEINE, *de même.*

Mais on va en épouser un autre.

JULES.

Un autre ?... ô ciel !

(Il se lève et jette sa serviette.)

ANTOINE, *inquiet.*

Eh bien ! eh bien !... qu'est-ce qu'il a?

JULES, *se désolant.*

Est-on plus malheureux!... moi qui voulais me dépêcher de devenir général, pour la demander à son père... Qu'il me donne donc le tems !

ANTOINE.

Général... vous !

JULES.

Et pourquoi pas?

AIR *d'Ad. Adam.*

Riche d'espoir, fière de l'avenir,

De tous côtés la jeunesse occupée,
Rêve la gloire et n'a, pour parvenir,
Que le travail, la gloire et son épée!
Mais c'est assez, nous faut-il d'autre appui?
Le talent seul nous protége aujourd'hui.
C'est le talent qui protége aujourd'hui.

On ne va plus mendier les faveurs
Qu'on arrachait jadis à la puissance;
Et maintenant les grades, les honneurs,
Sont au mérite et non à la naissance.
J'en obtiendrai... Ce doux espoir m'a lui,
Puisqu'au courage on les donne aujourd'hui.

ANTOINE.

Ces petits diables!... Ça ne doute de rien!

JULES.

Et perdre Henriette parce que je ne suis rien... parce
que je n'ai pas de fortune!...

ANTOINE, *frappé.*

Pas de fortune... Qui vous a dit cela?

JULES.

Mais, je dois en savoir quelque chose...

ANTOINE, *préoccupé.*

C'est ce qui vous trompe... Vous êtes riche... très-riche!

JULES, *étonné.*

Par exemple... tu me ferais plaisir de me prouver celui-
là... non pas que j'y tienne pour moi... Mais si cela pou-
vait me la faire obtenir...

ANTOINE.

Ça sera facile!...

MADELEINE, *qui se trouve dans le fond du théâtre.*

Ah! voici le vicomte de Chailly.

ANTOINE.

Le vicomte!... Il peut m'aider... Laissez-nous, mes
enfans.

MADELEINE, *bas à Jules.*

Je vais vous conduire dans le parc... du côté où elle se
promène.

JULES, *bas.*

Je te suis. (*Haut.*) Antoine, tu es bien sûr... que je suis
riche... C'est que, vois-tu... cela donne plus d'aplomb.

ANTOINE, *souriant.*

Ah! ça donne plus d'aplomb... Eh bien! ayez-en pour
cinquante mille livres de rentes...

JULES.

Cinquante mille livres!... (*En sortant.*) C'est fini... je me déclare.

(Il sort avec Madeleine.)

ANTOINE, *seul.*

Pauvre enfant!... je ne me sens pas de joie!... Je vais donc lui restituer ce dépôt!...

SCÈNE VI.

ANTOINE, LE VICOMTE.

LE VICOMTE, *avec colère.*

Corbleu!... a-t-on jamais vu un pareil entêté! Avec son amour pour l'industrie, il laissera démolir le château.

ANTOINE.

Démolir le château!... le château de Saint-Vallier?...

LE VICOMTE.

C'est toi, mon pauvre Antoine?

ANTOINE, *ému.*

Comment, M. le vicomte, on va l'abattre?...

LE VICOMTE.

Que veux-tu?,.. j'en suis outré!... d'autant plus que si on le laissait faire, il tomberait bien de lui-même. Mais à présent, on n'a pas plus de respect pour les vieilles tou-relles que pour les vieux usages.

ANTOINE.

Il est donc vendu?

LE VICOMTE.

A peu près... Des spéculateurs qui sont là, avec le propriétaire, et qui vont peut-être signer; ils en offrent 250,000 fr.

ANTOINE, *à part.*

Ah! mon Dieu!... le coffre leur appartiendrait!... et je n'ose en dire un mot. (*Haut.*) Si on en offrait 300,000 fr.

LE VICOMTE.

Parbleu! si j'avais de l'argent, j'en ferais la folie, ne fût-ce que pour les faire enrager...

ANTOINE.

Eh bien?

LE VICOMTE.

Eh bien! tu ne m'entends donc pas?... Je te dis : si j'avais de l'argent... mais je n'en ai pas, c'est clair.

Air : *Un homme, pour faire un tableau.*
Comme nos jeunes étourdis,
J'ai dépensé mon patrimoine ;
En mil sept cent quatre-vingt-dix...
J'avais des dettes, cher Antoine !
Le bien des autres fut vendu...

ANTOINE.
Alors, je vois où vous en êtes...
Lorsque chacun a tout perdu,
Vous avez conservé vos dettes.

LE VICOMTE.
Comme tu dis ; je les aurai toujours !

ANTOINE.
Eh bien ! je vous fournirai l'argent.

LE VICOMTE.
Toi !

ANTOINE.
Dans deux heures, je puis vous le livrer... mais sauvez le château ; c'est pour l'héritier des Saint-Vallier.

LE VICOMTE.
Des Saint-Vallier !... Il en existe encore ?...

ANTOINE.
Le fils de mon petit Léon !

LE VICOMTE.
De Léon !

ANTOINE.
Je l'ai embrassé...

LE VICOMTE.
Il est ici ?...

ANTOINE.
Vous le verrez lui-même tout-à-l'heure... mais ne perdez pas une minute !...

LE VICOMTE.
Un moment !... Que diable ! ce vieux bonhomme est d'une vivacité !... Je ne recule pas devant une extravagance, au contraire, ça me rappelle mon jeune tems... mais encore faut-il raisonner ses folies !... Le jeune marquis revient donc avec une grande fortune ?...

ANTOINE.
Oui, oui... nous avons encore quelque petite chose...

LE VICOMTE, *à part.*
Ma foi, qu'est-ce que je risque ?... S'il a le cerveau tim-

bré, je revendrai, ou bien je ferai aussi une filature, puisque tout le monde s'en mêle ; d'ailleurs , quelques dettes
de plus ou de moins , ce n'est pas cela qui gênera ma li-
quidation. (*A Antoine.*) Je n'hésite plus... je cours chez
le propriétaire... c'est à deux pas... Pourvu que ça ne soit
pas encore signé !

(Il sort.)

SCÈNE VII.

ANTOINE , *seul et le suivant des yeux.*

Dépêchez-vous !... Ah ! mon Dieu !... il a raison !... s'il
arrivait trop tard !... si sa fortune lui était enlevée sans
retour !... j'en ai la fièvre !... Pauvre enfant !... j'ai eu tort
de le flatter d'avance. Le voici !

SCÈNE VIII.

ANTOINE, JULES, MADELEINE.

JULES , *accourant.*

Antoine ! Antoine !... ah ! mon ami ! quel bonheur ! je
l'ai vue.

MADELEINE.

Pauvre demoiselle ! a-t-elle rougi en vous reconnaissant !

JULES.

Et moi donc ! quoique militaire, je tremblais... Ah !
dame, la première fois qu'on va au feu... Mais tout va à
merveille, nous nous entendons... et cette fortune que tu
m'as annoncée arrive juste pour décider notre mariage :
sans elle, ma foi, j'étais perdu !

ANTOINE , *inquiet.*

Comment cela?

JULES.

Eh ! oui, sans doute... c'est un secret, qu'Henriette
vient d'apprendre à l'instant et qu'elle m'a confié... Son
père est dans le plus grand embarras .. des engagemens
sacrés... plusieurs faillites... Il est au moment de manquer si on ne vient à son secours?

ANTOINE.

Que dites-vous?

JULES.

Le gendre qu'il avait en vue ne peut disposer des fonds
qui seraient nécessaires... juge de mon bonheur si je puis
aujourd'hui même sauver ce brave homme, conserver ces

beaux établissemens qui font subsister tout le pays! C'est alors, comme dit Henriette, qu'il ne peut plus me refuser la main de sa fille!... Allons, Antoine, dis-moi vite où est ma fortune!...

ANTOINE, *agité et regardant de côté.*

Il ne revient pas!

JULES.

Eh! mais, qu'as-tu donc?

MADELEINE.

Ce trouble...

JULES.

Cette inquiétude...

ANTOINE.

Si le château allait nous échapper!... J'ai peur de vous avoir donné une fausse joie.

JULES.

Que dis-tu?

LE VICOMTE, *en dehors.*

Victoire! victoire!

ANTOINE, *avec joie.*

C'est sa voix!

SCÈNE IX.

LES MÊMES, LE VICOMTE.

LE VICOMTE, *essoufflé.*

Il était tems!... Le château est à nous; voici les clefs.

(Il les donne à Antoine.)

ANTOINE.

Nous sommes sauvés!

LE VICOMTE.

J'ai signé. . trois cent mille francs, payables dans deux heures. (*Regardant Jules.*) Ah! quelle ressemblance!... (*Lui sautant au cou.*) Eh! oui, c'est lui... c'est bien lui!... ce cher petit marquis!

JULES, *gaîment.*

Allons, tout le monde me reconnaît!

LE VICOMTE.

Eh bien! mon cher, nous venons de sauver ton château.

JULES.

Comment! j'ai un château!

LE VICOMTE.

Qu'il faut payer tout de suite, et puisque tu reviens avec une grande fortune...

JULES.

Moi!... je n'ai pas un sou.

LE VICOMTE, *effrayé.*

Hein?... qu'est-ce que tu dis?... Là!... ce que c'est que d'écouter un fou!... Ne plaisantons pas, je vous en prie! Antoine, vous m'avez promis?...

ANTOINE, *très-calme.*

Trois cent mille francs... vous les aurez...

LE VICOMTE.

Dans deux heures?

ANTOINE.

Sans doute.

LE VICOMTE.

Et comment?

ANTOINE.

C'est mon secret. (*Avec sentiment.*) Voilà trente-cinq ans que je le garde... Je ne puis le dire qu'au fils de mes pauvres maîtres... M. Jules, vous allez venir avec moi... Madeleine, tu peux rester... son bras me suffira!... Vous, M. le vicomte, rendez-nous encore un service... Mon petit Jules aime mademoiselle Henriette... Il en est aimé.

LE VICOMTE.

Ma filleule?

ANTOINE.

Chargez-vous de la demander à son père... et dites-lui qu'il a un million à son service.

TOUS.

Un million!

ANTOINE.

Il y a peut-être quelque chose de plus, mais on comptera cela plus tard!

LE VICOMTE, *secouant la tête.*

Antoine... vous allez encore me faire faire quelque sottise!

JULES.

J'en ai peur!

MADELEINE, *donnant à son oncle son chapeau.*

Moi aussi!...

LE VICOMTE.

Mais ça ne m'arrêtera pas... je suis en train!... Et puis il est écrit que je marierai toute la famille. (*A Jules.*) Car, tu ne sais pas... c'est moi qui, dans le temps, ai prêté ma voiture... Je te conterai cela une autre fois.

TOUS.

Air : *Chœur final de Jérôme.*

Allons, mes amis, du courage ;

Le ciel exaucera { mes / ses } vœux.

Ah ! { que j'achève mon / qu'il achève son } ouvrage

Et sans regret { je fermerai / il fermera } les yeux.

Ah ! { que j'achève mon / qu'il achève son } ouvrage !

Et, grâce au ciel, / Et, grâce à lui, } nous serons tous heureux.

(*Antoine sort d'un côté, appuyé sur le bras de Jules ; le vicomte les conduit jusqu'à la grille, et sort ensuite du côté opposé. Madeleine rentre dans le pavillon.*)

(Le théâtre change, et représente un vestibule gothique de vieux château tout délabré. Il est éclairé par des croisées dont les châssis sont tombés en partie. Les vitraux sont cassés ; les tentures arrachées. Au fond, une galerie, dont les murs sont couverts de lambeaux de tapisserie.)

SCÈNE X.

ANTOINE, JULES.

(*Ils entrent de côté, Jules donne toujours le bras à Antoine.*)

JULES.

Que viens-tu de m'apprendre, mon bon Antoine ?

ANTOINE.

Oui, ce coffre est ici... c'est moi qui l'ai caché ; c'est votre héritage, et grâce au ciel, je puis enfin vous le rendre.

JULES.

En vérité, cela me paraît un rêve !

ANTOINE, *baissant la voix.*

Chut !... nous sommes arrivés... (*Ému.*) M. Jules, voilà le château de vos pères !

(Il ôte son chapeau d'une main tremblante.)

JULES, *se découvrant aussi.*

Quel silence ! quel abandon !

ANTOINE.

Il aura besoin de quelques réparations... (*Lui prenant la main.*) Vous les ferez, mon enfant ?...

JULES.

Ah ! je te le promets !.... N'est-ce pas ici que mon père a reçu le jour ?

ANTOINE.

Oui... mais songeons à votre fortune... attendez que je rassemble mes idées... c'était à droite et... (*Il se retourne et aperçoit une porte.*) Ah!!...

JULES.

Quoi donc ?

ANTOINE.

La chambre de M. le marquis ! (*Plus vivement.*) Voilà la sonnette qui m'appelait le matin!... elle y est encore... mais la main qui la faisait retentir... (*se cachant la figure*) elle n'y est plus !...

JULES.

Antoine !... ces souvenirs vous troublent... vous agitent beaucoup trop !

ANTOINE.

Non, ne craignez rien ; mon enfant, c'est de ce côté... (*Il s'arrête tout-à-coup devant un passage.*) Que vois-je ?...

JULES.

Qu'avez-vous ?

ANTOINE, *très-troublé.*

C'est par là qu'ils sont venus pour arrêter mon maître, qu'ils l'ont emmené... Je les vois encore... ces figures sinistres... ces flambeaux...

JULES, *alarmé.*

Antoine !...

ANTOINE, *perdant peu à peu la raison*

Écoutez... entendez-vous marcher dans le petit escalier ?

JULES.

Non, non... vous vous trompez !...

ANTOINE, *le regard fixe.*

Si... ce sont eux... je reconnais leurs pas !...

JULES, *au désespoir.*

Ah! mon Dieu! sa raison s'égare !

ANTOINE, *l'entraînant de côté.*

Que veulent-ils?... vous enlever aussi... m'enlever mon enfant, ma dernière consolation... Non... cachez-vous là, dans mes bras... ils me tueront avant de vous atteindre.

JULES.

Mon ami !

ANTOINE, *à voix basse, et le tenant serré dans ses bras.*

Ne dites rien... ils ne vous verront pas !

(Sa tête retombe sur les bras de Jules.)

SCÈNE XI.

LES MÊMES, LE VICOMTE.

LE VICOMTE, *accourant.*

Eh bien? eh bien? sommes-nous en mesure?... Leblanc
consent à tout... Où est le million?

JULES, *soutenant Antoine.*

Hélas! Tout est perdu! (*Montrant Antoine.*) Regardez!

LE VICOMTE, *l'aidant à asseoir Antoine.*

Ah! juste ciel!... et Leblanc qui me suit avec tout le
village.

SCÈNE XII.

LES MÊMES, LEBLANC, HENRIETTE, MADELEINE,
HABITANS, OUVRIERS.

CHOEUR,

AIR : *de la Sémiramide.*

Ah! quelle ivresse!
De leur tendresse
Ce jour heureux (*bis*)
Comble les vœux...

LE VICOMTE, *les faisant taire.*

Silence! silence!

HENRIETTE.

Qu'est-il donc arrivé?

MADELEINE, *courant à Antoine.*

Mon oncle!... il ne me reconnaît pas!

LEBLANC.

Comment! ce pauvre Antoine?...

JULES.

Ah! monsieur... au moment de retrouver un coffre qui
contient, dit-il, toute ma fortune... ses souvenirs l'ont
ému... sa raison s'est égarée...

LE VICOMTE.

Miséricorde! et je n'ai plus qu'un quart d'heure pour
payer.

JULES, *voyant Antoine qui se lève.*

Taisez-vous!... taisez-vous!...

(Antoine se lève en les regardant tous.)

TOUS, *avec intérêt.*

Antoine!...

LEBLANC.

Mon ami!...

HENRIETTE.

Revenez à vous!

LE VICOMTE.

Cet argent... où est-il?...

MADELEINE.

Dans le jardin?...

JULES.

Dans la cour?...

LEBLANC.

De quel côté?...

JULES.

Conduis-nous... (*Voyant qu'Antoine les écoute.*) Il va répondre !

(Un moment de silence. Antoine se met à se promener, les mains derrière le dos, et fredonne d'une voix cassée.)

JULES, *accablé.*

C'en est fait !

LEBLANC.

Plus de ressources !

LE VICOMTE, *vivement.*

Maudit château !... il va me coûter cher ! Je voudrais qu'on y eût mis le feu !

ANTOINE, *frappé, s'arrêtant.*

Qu'est-ce que vous dites?... le feu !... le feu au château !... Oui... voyez-vous la fumée... les flammes...

LEBLANC, *avec intention,*

Où donc?...

ANTOINE, *étendant le bras.*

De ce côté... Et sa fortune... pauvre enfant !... courez vite !...

LEBLANC ET LE VICOMTE.

Sa fortune?... où est-elle?...

ANTOINE, *le regard fixe et montrant la droite.*

Là !... là !... près de cette porte... cette dalle...

(La musique commence ; les acteurs sont groupés de côté, Antoine est seul au milieu du théâtre ; on prend une pioche ; une pince et d'autres instrumens qui sont contre le mur.)

AIR : *Fragment final du premier acte des* Deux Journées.

LEBLANC, *aux ouvriers, et les amenant près de la porte.*

Allons !

JULES.

Je tremble !

LEBLANC, *leur faisant signe d'enlever la pierre.*

Dépêchons !

TOUS.

Eh bien?...

ANTOINE.

Voyez !... voyez !... un' pierre... (*On l'enlève.*)

TOUS.

Eh bien!...

JULES.

Hélas! j'en désespère!

TOUS.

Eh bien?...

LES OUVRIERS, *travaillant.*

Rien encore!...

LEBLANC, *aux ouvriers.*

Poursuivons...

Dépêchez-vous...

ANTOINE.

Enl'vez la terre...

LEBLANC.

Creusez toujours,

TOUS.

Eh bien?... eh bien?...

Le cœur me bat...

JULES.

Le cœur me bat!   (*bis.*)

A peine je respire!

LES OUVRIERS, *s'arrêtant.*

Un' voûte!...

LEBLANC, *regardant.*

Un mur!... il faut l'détruire!

ANTOINE, *vivement.*

Non, non... la dernière pierre... au-d'ssous

De l'anneau d'fer... tirez à vous!...

C'est là!

TOUS.

Grands Dieux! à peine je respire!

LES OUVRIERS.

Elle résiste...

LEBLANC.

Enlevez-la...

TOUS, *en crescendo.*

Frappez... frappez... enlevez-la.   (*bis.*)

Un coffre!... O ciel!... oui, le voilà!...

(*Les ouvriers soulèvent un coffre très-vieux et noirci par le temps ; les ferrures sont rouillées, on brise aussitôt la serrure.*)

(*Antoine se précipite dans les bras de Jules, et semble anéanti par sa joie.*)

CHOEUR.

O divine providence!

Pour ce vieillard quel doux moment!

Oui, le bonheur de son enfant,

Est sa plus douce récompense!

(*Tout le monde entoure Antoine, qu'on a fait asseoir, et qui peut à peine respirer : Jules est dans ses bras. La toile baisse.*)

FIN.

9 782019 252854